Sie kriegen dich

Oliver Pautsch, 1965 in Hilden geboren, lernte in Solingen laufen, ging in Hilden zur Schule und studierte in Düsseldorf. Er wohnte und arbeitete lange Jahre in Köln. Heute lebt der Autor mit seiner Frau und drei Kindern wieder in Hilden.

Wenn er behauptet, die Region besser als den Inhalt seiner Schreibtischschublade zu kennen, kann man ihm ruhig Glauben schenken. Der Autor hat in der Region viele Jahre lang Klaviere und Flügel transportiert. Das tut er noch heute manchmal – falls er nicht gerade Romane oder Drehbücher schreibt.

Der Autor freut sich über einen Besuch seiner Heimseite: www.pautsch.net

SIE KRIEGEN DICH

Oliver Pautsch

edition**5p**

Bibliografische Information der Deutschen Bibliothek
Die Deutsche Bibliothek verzeichnet diese Publikation in der Deutschen Nationalbibliografie; detaillierte bibliografische Daten sind im Internet über http://dnb.ddb.de abrufbar.

Autor: Oliver Pautsch
Titel: Sie kriegen dich
ISBN: 9783743134423
Coverdesign: Niklas Schütte
URL: www.pautsch.net

Überarbeitete Neuausgabe –
erstmals unter gleichem Titel erschienen im Thienemann Verlag, Stuttgart und im Carlsen Verlag, Hamburg

© 2017 Oliver Pautsch
Herstellung und Verlag: BoD – Books on Demand, Norderstedt
Titelbildgestaltung: g&i Niklas Schütte
unter Verwendung eines Fotomotivs von 123rf.com
(© 123rf.com/Nr. 19981668, © rangizzz)

Das vorliegende Werk ist in allen seinen Teilen urheberrechtlich geschützt. Alle Rechte vorbehalten, insbesondere das Recht der Übersetzung, des Vortrags, der Reproduktion und der Vervielfältigung.

Für Kuti

PROLOG – TONBANDPROTOKOLL

»Für die Akten … zum Zeitpunkt dieser Tonbandaufnahme ist es Mittwoch, der 23. Juni, Uhrzeit, Moment … 17 Uhr 25. Mein Name ist Hauptkommissar Joachim Breidenbach. Ist der Befragte, Benjamin Terjung, mit der Tonaufzeichnung seiner Aussage einverstanden? … Benjamin, du musst etwas sagen. Ich brauche dein Einverständnis zur Aufnahme auf Band. Nicken genügt nicht. Na los, sag was!«

»Oh, äh, das geht klar.«

»Du bist mit einer Aufzeichnung einverstanden?«

»Ja.«

»Anzeige von Benjamin Terjung gegen Unbekannt wegen räuberischen Diebstahls. Benjamin, du bist gerade fünfzehn geworden?«

»Am elften Mai.«

»Ist dir klar, dass du eingeschränkt rechtsmündig bist?«

»Nein. Was heißt das?«

»Dass du mir nur die Wahrheit erzählen solltest. Also, was ist gestern passiert?«

»Ich wurde verprügelt und dann wurde mir das Rad geklaut. Ich war auf dem Weg von der Schule nach Hause.«

»Kannst du den oder die Täter beschreiben?«

»Sie waren zu dritt. Das habe ich aber erst später kapiert.«

»Wieso?«

»Weil sich mir zuerst nur der … der Türke und der dünne Typ in den Weg gestellt haben. Der Dünne ist mir vors Rad gegangen.«

»Er ist dir vors Rad gelaufen, meinst du?«

»Nein, das war Absicht. Der hat mich angesehen und sich mir in den Weg gestellt. Ich wollte ausweichen, er ist wieder in meinen Weg gesprungen. Ich bin langsamer geworden und dann sind wir beide gestürzt.«

»Du hast den Jungen also angefahren und bist vom Rad gefallen?«

»Eben nicht! Ich hab den nicht angefahren, der hat nur so getan. Aber das haben der Typ und der Türke dann dauernd gebrüllt.«

»Was haben sie gebrüllt?«

»Na, dass ich den umgefahren hätte. Ich hätte das extra gemacht, hat der Kleinere immer wieder gerufen, hat sich richtig reingesteigert und ist total ausgeflippt.«

»Und der türkische Junge war ein Zeuge?«

»Nee, das war nur 'ne Show. Ein Trick. Die kannten sich und wollten mich abzocken.«

»Du willst damit sagen, dass der dünne Junge und der Junge, den du ›Türke‹ nennst, sich dir absichtlich in den Weg gestellt haben?«

»Nicht beide. Nur der Dünne, damit ich ihn umfahre. Dem hat aber überhaupt nichts gefehlt. Der hat mich später sogar noch umgehauen.«

»Was ist mit dem Dritten?«

»Sie glauben mir kein Wort, oder?«

»Du sagtest, sie waren zu dritt.«

»Nachdem der dünne Typ den Streit angefangen hatte, fing der Türke damit an, dass er mein Rad *konferieren* will, oder so.«

»Das hat er gesagt?«

»Ich bin nicht sicher. Ich hatte tierische Angst.«

»Hat er vielleicht ›konfiszieren‹ gesagt?«

»Kann sein.«

»Weißt du, was er mit ›konfiszieren‹ meinte?«

»Nee, ich hab nur begriffen, dass er mir das Rad abnehmen wollte. Das waren Asis. Dann hat mir der Dünne noch eine reingehauen und weg waren sie. Mit dem Rad, natürlich.«

»Was war mit dem dritten Täter?«

»Dem Fettsack?«

»Benjamin, es wäre hilfreich, wenn du die äußerliche Erscheinung der Täter genauer beschreiben könntest, als ›der Dünne‹, ›der Türke‹ und ›der Fettsack‹. Geht das?«

»'tschuldigung.«

»Erzähl weiter. Besondere Merkmale?«

»Also, der Dünne trug ein schwarzes Kapuzenshirt mit so 'nem chinesischen Zeichen drauf.«

»Yin und Yang vielleicht?«

»Kann sein.«

»Das Tai-Chi-Zeichen, ein Kreis mit zwei ineinander fließenden Wellen? War es das?«

»Ich kenn mich da null aus.«

»Also weiter.«

»Können wir 'ne Pause machen?«

»Wir haben doch gerade erst angefangen!«

»Bitte. Ich muss pinkeln.«

»Von mir aus … Beeil dich.«

Stühlerücken, dann klackt es, als der Kassettenrekorder abgeschaltet wird.

FREITAG

EISKALT

12 UHR 00

»Weber hat die Leiche angefasst«, rief eine Stimme aus der Menge der Schüler, die sich um den Tatort drängten.

Sofort entstand ein Tumult auf dem Schulhof.

»Hab ich nicht!«, brüllte Weber zurück und wollte sich auf den Denunzianten stürzen. Gegenüber dem Haupteingang des Schulgebäudes flatterten Krähen protestierend in den Himmel.

Polizeiobermeister Kürten versuchte die aufgeregten Schüler unter Kontrolle halten. Im Schnee waren bereits mehr als genügend Spuren, die niemals zugeordnet werden konnten.

Scheißkalt, dachte Kürten und sah sich um. Die Schneedecke lag völlig zertrampelt vor ihm. Er hatte die Kripo über Funk angefordert. Sofort, als er den toten Jungen im Müllcontainer neben dem Haupteingang des Gymnasiums gesehen hatte. Ein grauenhafter Anblick. Die Kollegen sollten bereits vor einer halben Stunde angekommen sein. Der plötzliche Wintereinbruch hatte die ganze Stadt überrascht.

Nur zu gern hätte Kürten den Deckel des Müllcontainers geschlossen, um den Schülern den grauenhaften Anblick zu ersparen. Doch er wollte keine Spuren vernichten.

»Weber hat ihn angepackt«, brüllte der Schüler erneut, der einem Frettchen glich. Der beschuldigte Weber drängte wie ein Eisbrecher durch die Menge und ging auf den Schreihals los. Das Frettchen fiel in den Schnee vor den Mülltonnen. Weber stürzte sich auf ihn, er war größer und schwerer. Das Frettchen quiekte erschrocken.

Weber ist zu dick, dachte der Polizist und zerrte die Jungen auseinander. Weber hatte ganze Arbeit geleistet: Das Frettchen war mit dem Kopf auf den Boden aufgeschlagen. Sein Blut im Schnee vor dem Container sah schlimm aus. Ein roter Fleck, wie von einem toten Tier. Kürten drückte ein Taschentuch auf die Kopfwunde des Jungen, um die Blutung zu stillen. Das Frettchen schrie wie am Spieß, hinter dem Polizisten begann Weber zu weinen.

»Hab nix angefasst, ehrlich! Ich wollte nur an die Tonne!«

»Verständigen Sie einen Arzt«, rief der Polizist einem älteren Lehrer zu, der vor dem Müllcontainer stand. Doch die Aufsicht konnte sich vom Anblick der Leiche nicht lösen.

In den aufgerissenen Augen des toten Jungen waren Schneeflocken geschmolzen und auf dem Weg über die Wangen wieder gefroren. Der Tote lag im Müllcontainer zwischen blauen Plastiksäcken und losen Papieren, die seine Schultern und den Brustkorb bedeckten, mit Blick in den Himmel und der Schnee fiel ihm ins Gesicht. Sein Körper inmitten des Mülls verrenkt, wie nur Leichen verdreht sein können, wenn sie erstarren. Oder, wie in diesem Fall, zu einer grausigen Momentaufnahme gefroren waren.

Kürten verfluchte sich, allein zum Fundort gefahren zu sein. Doch seit dem Wintereinbruch war das Chaos auf den Straßen kaum noch zu bewältigen gewesen. Alle Kollegen waren unterwegs und Kürten war auf sich allein gestellt. Er vermied den Anblick der gefrorenen Leiche und holte eine Rolle Absperrband aus dem Kofferraum, obwohl es für die Sicherung des Tatorts bereits zu spät war. Das würde Ärger mit den Kollegen von der Kripo geben.

Schülerinnen und Schüler stapften schweigend, manche weinend, durch den Schnee vor dem Container neben dem Haupteingang des Gymnasiums. Einige umarmten sich in Schock und Trauer. Ein dürres Mädchen mit Zöpfen erbrach sich in die Büsche neben dem Gebäude. Mitschülerinnen stützten sie.

Die verwischen alle tatrelevante Spuren, dachte Kürten. »Tun Sie endlich was! Schaffen Sie die Kids hier weg«, rief er dem Lehrer zu, der immer noch völlig überfordert herumstand. Dann wurde das Frettchen bewusstlos. Kürten winkte zwei kräftigen Jungs herbei und wies sie an, den Ohnmächtigen in die Pausenhalle zu bringen, als der mehrstimmige Klingelton eines Handys ertönte. Die Melodie kam Kürten bekannt vor, doch es wollte ihm nicht einfallen, woher. Das Handy verstummte kurz, dann begann die Melodie von vorn. Schüler stapften durch den Schnee und zerrten iPhones, Samsungs und Huaweis aus Taschen und Mänteln.

Natürlich, das ist von Robbie Williams, dachte Kürten und sah sich um. Es klingelte immer weiter.

In einer anderen Ecke des Pausenhofs sahen sich Zwillinge erschrocken an, als die Melodie erneut ertönte.

»Das ist doch ... *She's The One*«, flüsterte Antonia, die dreißig Minuten ältere und drei Zentimeter größere der beiden Schwestern.

»Benjamins Handy«, antwortete Bella, »den Klingelton hat er am Computer selbst eingespielt.«

Trotz Ihrer unterschiedlichen Frisuren sahen sich die beiden erschrockenen Mädchen sehr ähnlich.

Kürten folgte der Melodie, und mit jedem Schritt wuchs seine Gänsehaut. Der Klingelton kam aus dem Metallcontainer, in dem der tote Junge lag. Kürten hörte in den Container und vermied den Anblick des Jungen, wollte die blassen toten Augen nicht sehen. Doch er musste in die Tasche des Jungen greifen. Denn immer wieder dudelte die Melodie. Kürten fand das Handy und nahm den Anruf an: »Ja? Hallo?« Er zuckte zusammen, als er eine metallisch klingende Roboterstimme hörte: »Der Standort dieses Mobiltelefons wurde geortet.« Die Verbindung brach ab und ein regelmäßiges Tuten ertönte, Polizeiobermeister Kürten sah das Mobiltelefon in seiner Hand und stöhnte auf.

Keine Handschuhe! Ich habe dem Opfer ein Beweisstück ohne Handschuhe entnommen. Wie viele Fehler werde ich heute noch machen? Die Kollegen der Kripo werden mich in der Luft zerreißen!

Es begann wieder zu schneien. Der Schnee rieselte auf blaue Plastiksäcke, Fetzen geschredderter Klassenarbeiten und die weit aufgerissenen Augen eines toten Jungen, dessen Gliedmaßen verdreht und unrichtig im Müll ausgebreitet lagen.

Er ist kaum älter als die Schüler, dachte der Polizist und achtete nicht mehr auf Spuren, als er den Deckel des Müllcontainers schloss. Er konnte keine Sekunde länger in diese geöffneten Augen sehen. Er schien, als würde der tote Junge weinen.

DER DREIKLANG
13 UHR 13

Ben trennte die Verbindung zum Internet, schaltete den Computer aus und verließ den Medienraum. Laut der angezeigten Umgebungskarte, die auf dem Bildschirm angezeigt wurde, musste sich Bens Telefon irgendwo auf dem Schulgelände befinden. Nicht weiter als hundert Meter von Bens Standort entfernt.

Verdammt, wenn mein geklautes Handy hier in der Nähe ist, sind die Typen auch hier, dachte Ben und eilte durch den Flur. Er suchte einen Ausgang, wo sie ihn nicht finden würden. Ben wollte an einem Seitenflügel oder hinten raus, dort war es meistens gut gegangen.

Vor dem Haupteingang waren Sirenen zu hören. Jede Ablenkung, um heil nach Hause zu kommen, war Ben recht. Die Flure rochen nach Reinigungsmitteln. »Bohnerwachs«, hatte seine Mutter behauptet, die ebenfalls hier zur Schule gegangen war. Doch Bohnerwachs war altmodisches Zeug. Zwischen Bens Schulzeit und der seiner Mutter lagen Welten. Damals gab es keine Computer, geschweige denn Internet. Woher sollte sie wissen, wonach der Boden einer Schule heute roch? Oder wie beschissen Schule heute sein konnte? Und wie gefährlich der Heimweg? Sie hatte keine Ahnung.

Vom Flur zwischen dem Labor und dem Chemieraum im Ostflügel aus sah Ben sich durch die Glastür auf dem Gelände um, entriegelte dann den Notausgang und floh über den Sportplatz in Richtung der Hauptstraße. Vielleicht schaffte er es noch vor dem Gong, hoffte er.

Das grauenhafte »DiDaaDuuu« hörte Ben nicht nur in der Schule. Der Dreiklang begleitete ihn bis in den Schlaf. Er wachte nachts schweißgebadet davon auf. Krümmte sich in Aufzügen, die ähnliche Geräusche machen, wenn sich Türen schlossen oder öffneten. Bestimmte Musikstücke konnte Ben überhaupt nicht mehr hören, ohne sich den Bauch zu halten, bis seine Augen tränten. »DiDaaDuuu« Der Klang war überall.

Ist doch nur ein Dreiklang, versuchte sich Ben selbst zu beruhigen. Doch sein Magen krampfte sich trotzdem jedes Mal zusammen. Wenn die Krämpfe kamen, versteinerte Ben. Jeder Muskel in seinem Körper spannte sich. Ben stellte sich in diesem Moment ein Raumschiff vor.

»Alarmstufe Rot. Alle Decks gesichert, Käpt'n«, dachte er und schloss die Augen. Presste seine Lider fest aufeinander. Gegen die Tränen konnte er erst etwas unternehmen, wenn das Krampfen und Würgen vorbei war. Dann erst konnte er die Hände benutzen und das Rinnsal von der Wange wischen. So eine Angstattacke dauerte meistens nicht länger als dreißig Sekunden. Trotzdem lang genug für die anderen, sich zu wundern, Fragen zu stellen und Ben merkwürdig zu finden.

»Was hast du denn für 'ne Krankheit?« – Jochen. Mitschüler. Ein Arschloch.

»Ist mit dir alles in Ordnung, Ben?« – Frau Kermeling, die Lehrerin. Nett, jedoch keine Ahnung.

»Ben, kommst du mit in den ... oh, okay.« – Abdul, ein Mitschüler, fast Bens Freund. Vielleicht wusste er Bescheid, doch darüber wurde nicht geredet. Wenn Ben die Krämpfe bekam, wartete Abdul. Sogar ohne hinzusehen, um Ben nicht in Verlegenheit zu bringen.

Nach einer halben Minute voller Krämpfe konnte Ben wieder die Augen öffnen und auf »Alarmstufe Grün« schalten. Durchatmen, Tränen wegwischen und einen Weg finden. Einen neuen Weg, den seine Verfolger noch nicht kannten.

Der letzte Gong war der schlimmste. Dann musste Ben die Sicherheit des Gebäudes hinter sich lassen. Die Schule war ein dreistöckiger Klotz mit zwei offiziellen Ausgängen, acht Notausgängen in alle Himmelrichtungen und zwei Treppen zum Keller, Fahrradkeller nicht mitgezählt. Ben kannte sie alle. Die Notausgänge zu benutzen war natürlich streng verboten. Ben war sich immer noch nicht sicher, ob es wirklich einen stummen Alarm gab. Irgendeine zentrale Anlage, die meldete, wenn er sich unerlaubt durch die Hintertür davon machte. Der Hausmeister behauptete es jedenfalls. Drohte mit dem Finger und rollte mit den Augen. Er war Schuld an den beiden Rügen, am Gespräch des Direktors mit Bens Vater und an der Ermahnung, Ben könnte von der Schule fliegen. Damals, bevor die Asis ihn verfolgten, wäre Fliegen für Ben undenkbar gewesen. Doch mittlerweile hatte Fliegen eine neue Bedeutung bekommen. Wer fliegt, betrachtet die Welt von oben. Wer fliegt, muss sich nicht davor fürchten, festgehalten, geschlagen und ausgeraubt zu werden. Ben wünschte sich mehrmals in der Woche, einfach die Arme ausbreiten und abheben zu können. Sein Vater vertrat eine ganz andere Meinung. Als ehemaliger Oberstleutnant der Bundeswehr war er offensiv: »Geh gefälligst vorn raus, Ben. Wehr dich, verdammt noch mal! Du willst doch nicht von der Schule fliegen, nur weil du ständig die Notausgänge benutzt!«

„DiDaaDuuu."
Der letzte Gong schoss Ben direkt in den Magen. Vom Lautsprecher aus in Bens Mitte. Da war wieder die Angst. Ein Gefühl, als müsste er sich sofort übergeben und gleichzeitig kacken. Ben frühstückte zwar schon lange nicht mehr, seit ihm regelmäßig aufgelauert wurde. Doch auch ein leerer Magen konnte sich vor Angst verkrampfen.

DIE BAGGERKRISE

13 UHR 47

Bereits von der Hauptstraße aus war das Brummen zu hören. Ben war es zunächst nicht aufgefallen. Erst als er in seine Straße eingebogen und am Garagenhof vorbei war, sah er den Rauch. Auf Höhe des Vorgartens.

Unsere Bude brennt, dachte Ben und rannte los.

Nachbarn standen vor der Einfahrt zu dem Einfamilienhaus, in dem Ben wohnte. Sie tuschelten und schüttelten den Kopf, als Ben das Haus erreichte. Der VW Golf stand nicht in der Einfahrt, sondern war auf der Straße geparkt. Das war ungewöhnlich.

Bens Vater saß fluchend auf dem Sitz eines Baggers, der in der Einfahrt vor sich hinqualmte. Kein richtiger, kein großer Bagger. Eher ein aufgeblasenes Spielzeug, viel kleiner als der Volkswagen der Familie. Der Bagger ruckte auf seinen Ketten vor und zurück. Sein Motor spuckte rußige Wolken durch den senkrechten Auspuff in die Luft. Ein Nachbar begann zu lachen, während Bens Vater an den Steuerknüppeln immer wütender wurde.

»Gehen Sie gefälligst weiter! Hier gibt es ABSOLUT NICHTS zu gaffen!«, rief Wolfgang Terjung durch den Motorlärm.

Das sah die amüsierte Nachbarschaft allerdings ganz anders. Niemand rührte sich vom Fleck.

Ben fand seine Mutter mit verschränkten Armen auf dem Plattenweg im Vorgarten.

»Was ist los?«, wollte Ben wissen.

Der Minibagger ruckelte vorwärts Richtung Garage, jemand spendete Beifall von der Straße. Kurz vor dem Garagentor schwenkte die Baggerschaufel in die Höhe und Putz bröckelte in die Garage, gefolgt von einem heiseren Kreischen, als Bens Vater mit dem Bagger in die Garage fuhr und einen Funken sprühenden Streifen auf der Unterseite des geöffneten Blechtors hinterließ. Die Nachbarn lachten und klatschten schadenfroh. Wieder eine Niederlage des »Oberst Drückeberger«, wie sie den ehemaligen Oberstleutnant der Bundeswehr hinter vorgehaltener Hand nannten.

Aus der Garage war Wolfgang Terjungs Fluchen zu hören.

»Was macht er denn?«, wollte Ben von seiner Mutter wissen.

»Er will ein Loch graben.«

»Wozu?«

»Wir bekommen einen Teich«, antwortete Bens Mutter. Mit ihrer speziellen Stimme, die Ärger bedeutete.

»Einen Teich? Mitten im Winter?«

»Du kennst deinen Vater … Essen ist fertig.«

Rosa Terjung drehte sich um und ging ins Haus.

Ben eilte in die Garage, bevor sich das verbeulte Tor schloss. Die meisten Nachbarn verloren die Lust an dem Spektakel und verschwanden ebenfalls in ihre Häuser.

Das Tor schloss sich knirschend und es wurde dunkel. Der Motor des Baggers erstarb mit einem Husten, die

Luft roch nach verbranntem Diesel. Ben orientierte sich am Kabinenlicht im Führerhaus, schaltete die Beleuchtung der Garage ein und ging zu seinem Vater. Der brütete auf dem Fahrersitz über eine in Kunstleder gebundene Kladde. Eine Bedienungsanleitung für Bagger.

»Hast du die Kiste etwa gekauft?«

Bens Vater sah auf. »Nur gemietet.«

»Um einen Teich zu bauen? Jetzt?«

Bens Vater deutete aus dem Führerhaus an die hintere Wand der Garage, wo sich die Tür zum Garten befand. »Meinst du, der Bagger passt da durch?«

Ben betrachtete die Tür, den Bagger und dann wieder die Tür. »Niemals.«

Wolfgang Terjung faltete seine Beine aus dem Führerhaus des Baggers, ging zur Tür, nahm Maß und nickte. »Das ist schlecht, dann muss ich den Vorgarten aufgraben. Mit der Geheimhaltung wird das dann nichts. Oder wir stemmen diese Wand auf und …«

»Mama sagt, Essen ist fertig«, unterbrach Ben eilig.

»Sie ist richtig sauer, oder?«, wollte sein Vater wissen.

Ben nickte stumm, wusste nicht, was er sagen sollte. Ein Loch in der Wand für ein Loch im Garten. Ein Teich im Februar, dachte er. Ein gemieteter Bagger in der Garage, der den Garten nie erreichen wird? Jedenfalls nicht durch diese Tür. Was hast du erwartet? Und was, bitte schön, ist an einem Teich *geheim*?

Sein Vater seufzte. »Schon gut, gehen wir essen.« Er nahm seinen Sohn bei den Schultern. Hintereinander gingen sie durch die Tür und überquerten die verschneite Terrasse.

»Wo soll der Teich überhaupt hin?«, fragte Ben mit Blick auf die Wiese.

Sein Vater lächelte. »Hör mal, die Sache mit dem Gartenteich ist nur Tarnung für die Nachbarn … Und für Mama.« Er sprach etwas leiser zu seinem Sohn: »Wir bekommen keinen Teich, sondern einen Panikraum.«

Ben schluckte. »Einen was?«

»Ein unterirdischer Sicherheitsraum. So ähnlich wie ein Bunker. Die Metallkiste wird unter der Erde am Haus vergraben und an den Keller angeschlossen. Durch einen Zugang im Keller gehen wir im Ernstfall hinein und sind in Sicherheit. In Amerika sind diese Dinger der Renner. Jeder hat dort einen!«

»Ernstfall? Aber …«

»Du weißt doch, was hier in letzter Zeit los war, mit Einbrüchen und Vandalismus. Der Panikraum ist ein Fluchtpunkt. Er schützt uns vor Einbrechern und anderem Gesindel, bis die Polizei eintrifft. Solche Kerle lachen doch nur über Bewegungsmelder und Alarmanlagen. Rosa wird mir noch dankbar sein, warte es ab«, sagte Bens Vater und zog seine Schuhe aus, um keinen Schnee ins Wohnzimmer zu tragen. »Ich habe den Panikraum für einen Bruchteil des Neupreises bei eBay ersteigert. Wird direkt nach Karneval geliefert. Kommst du?«

Ein Bunker bei eBay, darauf muss man auch erst mal kommen … dachte Ben ungläubig, während sein Vater die Terrassentür sorgfältig verriegelte und die Jalousie herunterließ, obwohl heller Tag war. Ben befürchtete, dass Wolfgang verrückt geworden sein könnte.

TONBANDPROTOKOLL II
14 UHR 44

KLACK

»Läuft das Band wieder?«
»Ja, Ben. Wir können fortfahren. Zwei Jugendliche wollten dich berauben, hast du erzählt.«
»So war es auch … Ehrlich!«
»Du hast ebenfalls angegeben, die Täter waren in Wirklichkeit zu dritt. Also was denn nun?«

KLACK

Polizeiobermeister Werner Kürten schaltete den Rekorder aus und sah seine Kollegin an. »Breidenbach glaubt dem Jungen kein Wort. Und der Junge merkt das natürlich.«
»Seit dem Fall mit dem verschwundenen Mädchen letztes Jahr können Sie Breidenbach nicht mehr ausstehen, nicht wahr?«, sagte Polizeimeisterin Stefanie Schäfer.
»Das tut nichts zur Sache«, antwortete Kürten.
»Oder haben sie ein schlechtes Gewissen, weil Sie die Anzeige eines anderen Jungen letztes Jahr zuerst auch nicht ernst genommen haben?«
»Was soll das? Verhören Sie mich?«, wollte Kür-

ten wissen. »Sie haben Recht, ich konnte Breidenbach noch nie leiden. Aber nur, weil er ein schlechter Polizist ist.«

Er meint es ernst, stellte Stefanie Schäfer insgeheim fest.

»Breidenbach ist faul, unfähig und ungehobelt«, ergänzte Kürten.

Breidenbach ist bei der Kripo, dachte Stefanie und hütete sich, diesen Punkt laut anzusprechen.

»Aber er ist bei der Kriminalpolizei«, sagte Kürten. »Breidenbach kann es zwar nicht ertragen, wenn andere seinen Job machen. Aber wir müssen es leider tun! Uns und seinen Kollegen von der Kripo bleibt nichts anderes übrig, denn seine Aufklärungsquote ist ein Witz. Sie würden diese Quote mit geschlossenen Augen übertreffen, sogar als Frau … äh, ich meine als Anfängerin … also eben mit links!« Kürten bemerkte, dass er weit über das Ziel hinausgeschossen war und versuchte abzulenken. »Können Sie den Typ etwa leiden?«

Stefanie Schäfer ließ sich Zeit mit ihrer Antwort.

»Meine Meinung zum Kollegen Breidenbach ist bei dieser Ermittlung Nebensache, denke ich.«

»Ja, natürlich. Persönliche Gefühle sollten eine Ermittlung nicht beeinflussen, niemals.«

Meint er es ironisch, oder ist das sein Ernst?, fragte sich Stefanie und musste sich bemühen nicht über den Kollegen mit der korrekten Dienstauffassung zu lächeln. Kürten war im letzten Jahr ein großes Risiko eingegangen, um ein vermisstes Mädchen und ihren Freund zu retten. Ohne sich um die Dienstordnung oder die Folgen für seine Laufbahn zu kümmern. Erst jetzt begriff Stefanie Schäfer, dass es Breidenbach gewesen sein musste, der den Fall Gartenburg nicht korrekt bearbeitet hatte. Er könnte auch dafür gesorgt haben, dass Werner Kürten wegen seines inoffiziellen Alleingangs in den Niederlanden Ärger bekommen hatte.

»Wir sollten fortfahren, Frau Kollegin.« Kürten ging mit dem tragbaren Kassettenrekorder in der Hand im Hinterzimmer der Wache auf und ab. »Also … Genau hier, in diesem Raum haben Benjamin Terjung und Breidenbach gesessen und letzten Sommer dieses aufgezeichnete Gespräch geführt. Ein Opfer spricht über drei Täter. Den mysteriösen Dritten hat Benjamin später in der Kartei als Armin Maiberg identifiziert.«

Stefanie las aus eine Akte vor: »Maiberg wird als jugendlicher Intensivtäter geführt. Mehrere Verfahren vor dem Jugendgericht wegen Ladendiebstahls, Körperverletzung und so weiter.«

»Und dieser Armin Maiberg wurde heute tot aufgefunden. Erwürgt. Er hatte ein Mobiltelefon in der Tasche. Sie dürfen raten, wessen Telefon das ist.«

»Wenn Sie mich so fragen, gehörte es sicher nicht dem Toten, oder?«, sagte Stefanie Schäfer.

»Richtig, dieses Telefon gehört Benjamin Terjung.« Kürten hielt Stefanie das Handy in einer durchsichtigen Plastiktüte vor die Nase.

»Armin Maiberg hatte Benjamin sein Mobiltelefon gestohlen.«

»Zusammen mit dem Fahrrad?«, wollte Stefanie Schäfer wissen.

»Nein, die Sache mit dem Fahrrad ist Monate her. Das war letzten Sommer. Aber dieses Mobiltelefon ist noch angemeldet. Ich habe beim Netzbetreiber nachgefragt.«

»Das heißt, Benjamin wurde von Armin zweimal beraubt.«

Kürten nickte. »Mindestens. Ich schätze, dass dieses Trio den Jungen viel öfter ausgenommen hat. Aber das Schlimmste kommt noch …« Kürten stapfte durch den Raum und fuhr fort: »Nach dem Gespräch mit Breidenbach wegen des gestohlenen Fahrrads hat sich Benjamin nie wieder bei der Polizei blickenlassen. Ich habe alle Anzeigen von Juni letzten Jahres bis heute überprüft.«

»Das Problem kennen wir. Er hat sich nicht mehr getraut, weil er Angst vor dieser Bande hatte. Sie haben ihm wahrscheinlich verboten, die Polizei einzuschalten. Sie werden ihm gedroht haben.«

Kürten sah seine Kollegin an. »Möglich. Oder er hatte Angst vor der Polizei.«

Stefanie Schäfer verstand kein Wort. Kürten drückte die PLAY-Taste auf dem Kassettenrekorder. Er hatte das Band so oft gehört, dass er fast glaubte, den Jungen persönlich zu kennen.

»Ich wollte in die andere Richtung, doch der dicke Typ hat mir den Weg abgeschnitten. Die kannten sich, alle drei.«

»Du wolltest vom Unfallort flüchten?«

»Mann, das war kein Unfall. Wie oft soll ich das denn noch sagen … Ach, Scheiße.«

»Setz dich wieder, Benjamin.«

»Ich will nicht mehr. Ich gehe nach Hause!«

»Wir sind noch nicht fertig. Also setz dich hin!«

»Nein!« Stühle rücken, ein Klatschen und ersticktes Stöhnen war zu hören. Dann brach die Aufnahme mit einem heftigen KLACK erneut ab.

Stefanie Schäfer sah verblüfft von dem Kassettenrekorder auf. »Breidenbach hat den Jungen geschlagen?«

Kürten schaltete den Rekorder aus. Er bebte vor Wut.

»Verstehen Sie nun, was ich von unserem Herrn Kommissar und seinen Methoden halte? Beweisen kann ich mit dieser Aufnahme vor Gericht allerdings nichts.«

Stefanie stand auf. »Glauben Sie, Benjamin hat Armin … dass er seinen Peiniger erwürgt hat?«

»Das sollten wir ihn selbst fragen. Und zwar, bevor Breidenbach etwas im Zusammenhang mit den Ermittlungen zum Mord an Armin Maiberg unternimmt.«

DER KÄFIG
14 UHR 44

Turbo strich sich die Haare aus der verschwitzten Stirn und unternahm einen neuen Anlauf. Acht Schritte vorwärts durch den Schnee, ein Sprung – und zehn steif gefrorene Finger krallten sich in Maschendraht. Der Sprung war eigentlich kein Thema, doch der Natodraht auf der Oberkante des Zauns war der Grund für bereits zwei Abstürze gewesen. Eine Art gerollter Stacheldraht. Nur, dass statt Stacheln Millionen kleiner Klingen wie Streitäxte in das Zeug eingearbeitet waren. Trotz überdurchschnittlicher Kondition war Turbo völlig außer Atem. Das und die Kälte erlaubten nur noch diesen einen, letzten Versuch. So viel war Turbo klar, denn die vom Schnee aufgeweichten Klamotten begannen bereits wieder zu gefrieren.

Auf dem Gelände gab es keine Hunde und keinen Wächter. Dessen hatte sich Turbo vorher vergewissert. Was wäre bescheuerter, als sich erst von dem verdammten Zaun die Klamotten zerfetzen zu lassen, um dann auf der anderen Seite von Rottweilern oder Schäferhunden zerfleischt zu werden? Bevor man den ersten Schritt in Richtung erlösender Wärme machen konnte? Der Besitzer des Geländes setzte statt auf tierische Abschreckung lieber auf eine Festbeleuchtung für seine brandneuen Wohnwagen und Wohnmobile. Über zweihundert Stück, schätze Turbo. Sie erstrahlten im gleißenden Licht unzähliger Halogenscheinwerfer. Jetzt im Winter sogar rund um die Uhr.

Der Rucksack mit Verpflegung lag bereits auf der anderen Seite im Schnee, also gab es kein Zurück mehr. Ein letzter Anlauf vom Schallschutzwall neben der Autobahn. Für mehr würde die Kraft nicht reichen. Zehn Schritte durch den Schnee, Absprung – während des Fluges zogen sich Turbos Hände in die Ärmel des Bundeswehrparkas zurück – Aufprall. Der Parkastoff riss, als Turbo in dem Natodraht auf der Oberkante des Zauns landete und sich mit den Ellenbogen über den Zaun zog. Mit einem letzten Ratschen behielt der Draht ein Stück des Parkas und Turbo fiel auf der anderen Seite zu Boden, rollte sich geschickt im Schnee ab – und befand sich endlich auf dem Gelände des Wohnwagenhändlers.

Turbo hob den Rucksack auf und sah sich um: weit und breit keine Menschenseele. Nur Wohnmobile und Wohnwagen mit nagelneuen, unberührten Betten, Küchen und Nasszellen. Turbo würde lang und heiß duschen. Turbo würde heizen. Und sogar eine warme Mahlzeit war endlich drin. Keine Störung zu erwarten, ganz anders als im Knast. Turbo stapfte durch den Schnee und musste noch nicht einmal das laute Juchzen unterdrücken, denn das Gelände des Händlers lag in einem von vier Kleeblättern des Autobahnkreuzes. Ein schallgedämmter Glücksfall am Stadtrand, durch den sich der freitägliche Feierabendverkehr schob.

»Ich bin im Paradies«, brüllte Turbo und blieb vor einem Wohnmobil stehen. Natürlich ein nagelneues Luxusmodell, Ehrensache. Die Kiste stand im Mittelfeld des Geländes. Weit genug vom Haupteingang und der Baracke des Verkäufers entfernt. Falls doch überraschend jemand auftauchen sollte, würde das Licht im Inneren des Wohnmobils kaum zu erkennen sein, versicherte sich Turbo mit einem letzten Blick, beugte sich über das Türschloss des Aufbaus und grinste.

Leichter zu knacken als ein Kaugummiautomat, dachte Turbo, ein Kinderspiel.

IM RUDEL

14 UHR 44

Hakan atmete aus und hustete die Wolke aus seiner Lunge ins Wohnzimmer. Seine Augen tränten, nicht nur wegen des Joints. Armin war tot. Und Turbos Handy ausgeschaltet.

Ich muss unbedingt das Fenster aufmachen, bevor die Alten kommen, dachte Hakan zum vierten Mal. Oder zum siebten Mal? Er kicherte, nahm einen weiteren tiefen Zug und schaltete mit der Fernbedienung auf einen anderen Kanal. Wenn Baba, Hakans Vater, ihn beim Kiffen erwischen würde, wäre es das Ende. Zumindest das Ende der schönen Zeit im Schoß der Familie. Mit Kabelfernsehen, regelmäßigen Mahlzeiten und Streicheleinheiten der Mutter. Natürlich gab es ab und zu eine Tracht Prügel von Baba. Aber das war kein Problem. Hakan und er waren ein Herz und eine Seele.

Mann, bin ich breit! Fenster aufmachen nicht vergessen, dachte Hakan, tippte eine Nachricht an Turbo und zog erneut an seinem Joint. Doch anstatt die Trauer um Armin weiträumig einzunebeln, hatte ihn der Joint nur weinerlich gemacht. Wie Armin immer gesagt hatte: »Kiffen ist ein Beschleuniger für Gefühle. Pass damit auf!«

Hakan schniefte und nickte vor sich hin. Armin hatte Turbo »seine Droge« genannt. Die beiden waren unzertrennlich gewesen. Hakans Unterlippe zitterte.

Scheißdope, dachte er und zielte mit der Fernbedienung auf die Glotze. Auf dem Bildschirm jagte ein Rudel Wölfe durch den Wald. Der Sprecher sprach ein arrogantes Englisch. Hakan nahm noch einen Zug und sah dem Rudel beim Jagen zu. Die Wölfe verfolgten zwei große und drei kleine Wildschweine. Zwei Wölfe drängten ein kleineres Schwein aus der flüchtenden Gruppe ab, während der britische Sprecher dazu näselte. Hakan verstand kein Wort, doch die Taktik der beiden Wölfe war ihm bekannt. So gingen Armin, Turbo und Hakan vor, wenn sie Schüler auf ihrem Heimweg abzogen. Er empfand kein Mitleid, sondern sah den Tieren fasziniert bei ihrem Angriff zu.

Auf Schulhöfen, in der Fußgängerzone oder im Kaufhaus brauchst du eine andere Taktik als bei den Bambis auf dem Schulweg, dachte Hakan.

Armin hatte die Opfer immer »Bambis« genannt. Hakan konnte zuerst nichts mit dem Spitznamen anfangen, doch Turbo hatte ihm erklärt, dass es einen uralten Trickfilm gab, der »Bambi« hieß. Der einzige Streifen, bei dem Armin jemals geweint hatte.

»Bambi ist ein Rehkitz und verliert seine Mutter in dem Film. Du hättest Armin mal sehen sollen: Rotz und Wasser hat der geheult«, grinste Turbo und schlug Armin auf die Schulter.

»Als meine Mutter gestorben ist, habe ich vielleicht geweint. Aber doch nicht bei so 'nem Kinderkack«, protestierte Armin.

»Ich war mit dir im Kino, Alter. Wir haben den

Film zusammen gesehen«, gab Turbo lachend zurück. »Du hast geflennt wie ein Baby. So süüüß!«

»Ach, halt die Fresse. Vielleicht war ich breit«, antwortete Armin und verpasste Turbo einen Stoß mit dem Ellenbogen.

»Baaabyyy war breeeiiit«, sang Turbo.

»Äh … Was ist ein Rehkitz?«, wollte Hakan wissen. Turbo und Armin blieben stehen und stöhnten gleichzeitig auf.

»Das Problem mit dem Mullah ist, dass man ihm immer alles erklären muss«, sagte Armin zu Turbo. Dann krümmte er sich auf einmal vor Schmerz. Ein Rachetreffer von Turbo, gemeiner linker Haken in den Magen.

Hakan blieb einen Schritt zurück. Wenn Armin und Turbo mit diesem »Ich-hau-dich-und-du-kannst-Karate«-Mist anfingen, fanden sie oft kein Ende. Bis einer blutete. Oder bewusstlos auf dem Boden lag. Die beiden nannten es »abhärten« oder »Training«, seit sie zum ersten Mal *Jackass* gesehen hatten. Hakan hielt nichts von diesem Quatsch. Für ihn war Training etwas mit Handschuhen in einem Sparring. Boxen hatte mit Ehre zu tun. So viel wusste er von seinem großen Bruder, der allerdings seit zwei Jahren nicht mehr mit Hakan redete. Seit er ihn zum ersten Mal aus der Untersuchungshaft wegen eines Ladendiebstahls holen musste.

Armin nannte Hakan »Mullah«. Er liebte Spitznamen, so was war cool. Auch Turbo hatte den Namen von Armin verpasst bekommen. Doch das war lange vor Hakans Zeit in der Gang gewesen, denn Armin und Turbo kamen aus der gleichen Siedlung und kannten sich schon ewig. Turbo hatte jede Frage von

Hakan und jede Antwort von Armin sofort und unnachgiebig verhindert. Besonders, wenn die Sprache auf diese Sache mit dem S-Bahn-Surfen oder auf einen anderen Punkt der gemeinsamen Vergangenheit kam. Daraus machte Turbo ein Riesengeheimnis.

Und nun? Nun würde Armin nichts mehr darüber verraten können. Er würde Hakan auch nie wieder Mullah nennen.

Hakans Joint war schon fast bis an den Pappfilter heruntergebrannt, trotzdem nahm er noch einen kurzen Zug und hustete trocken. Auf dem Bildschirm zerfetzten zwei Wölfe auf verschneitem Waldboden ein kleines Wildschwein. Sie hatten das jüngste und schwächste Tier von den anderen getrennt und einfach zerrissen. Der Schnee war rot vom Blut des Opfers.

Grausam, dachte Hakan und wusste genau, was Armin geantwortet hätte. Er glaubte fast, Armins Stimme zu hören: »Das ist nicht grausam, Mullah, das ist Natur. Nur der Stärkere überlebt.«

Wir sind schwächer geworden. Wir sind nur noch zu zweit, dachte Hakan mit einem abwesenden Blick auf den Bildschirm.

Wir hätten nie in die Häuser einsteigen sollen, niemals. Ich habe gesagt, es ist gefährlich. Das hab ich den beiden immer wieder gesagt.

Tausend Gedanken rauschten gleichzeitig durch seinen Kopf. Wenn kleine Rehe Rehkitz heißen, nennt man die kleinen Schweineviecher dann Wildschweinkitz?, fragte sich Hakan und schaltete den Fernseher aus.

Durch den Joint sensibilisiert, meinte Hakan in der Stille Füße scharren und geflüsterte Kommandos zu hören. Als er begriff, dass es sich nicht um Einbildung handelte, sondern aus dem Hausflur direkt vor der Wohnungstür kam, brandete eine Welle aus Angst über Hakan hinweg. Der Joint kokelte ihm die Finger an, so kurz hatte er ihn geraucht. Er riss das Fenster auf und schmiss die Kippe in den verschneiten Vorgarten, als er das Splittern der Tür hörte und acht vermummte Männer in Kampfmontur mit gezogenen Waffen in das Wohnzimmer der Familie Doglu einbrachen. Spätestens in diesem Moment wurde Hakan klar, dass Baba und der Joint ein winziges Problem waren – im Vergleich zu den feindlichen Kriegern, die ihn zu Boden warfen und sich auf seinen Rücken knieten, bis er keine Luft mehr bekam und jede Rippe einzeln knacken hörte.

Hakans Handgelenke wurden mit Kabelbindern hinter dem Rücken fixiert und seine Taschen durchsucht, bevor er grob auf die Füße gezerrt wurde. Er schmeckte Blut und hätte es den Bullen am liebsten vor die Füße gespuckt. Doch im Wohnzimmer ging das nicht, seine Mutter hätte ihn dafür umgebracht. Also ließ Hakan sich wortlos, mit hängenden Schultern und ohne jede Gegenwehr abführen.

GAU – GRÖSSTER ANZUNEHMENDER UNFALL

14 UHR 44

Der Unsinn mit dem Panikraum war natürlich noch während des Mittagessens herausgekommen. Wenn es etwas gab, was Bens Vater schlecht konnte – außer Autofahren, Kochen, Stepptanz und … –, dann war es, ein Geheimnis für sich zu behalten. Besonders, wenn es sich um einen neuen Plan oder eine neue Idee handelte, das Leben der Terjungs sicherer zu machen. Wie immer, wenn einer von Wolfgangs vermeintlichen Geistesblitzen das Licht der Welt erblickte, brannte die Luft zwischen Rosa und Wolfgang.

So nahm auch die Situation in der Küche innerhalb von Sekunden die Temperatur eines Raketenstarts an. Wie immer stand Ben zwischen den beiden Triebwerken namens Vater und Mutter, bis es ihm zu heiß wurde und er einfach den Raum verließ. Es wurde nicht bemerkt – wie immer. Das Letzte, was er im Vorgarten durch das Küchenfenster hörte, war Wolfgangs Geschrei: »In dieser unsicheren Welt voller Krimineller kann man nicht vorsichtig genug sein!«

»Ah, du bist doch nur eine Feigling … Eine Verweigerer mit Sicherheitsfimmel, basta!«, hatte Bens

Mutter zurückgeschrien. Wenn Rosa sich aufregte, durchbrach die italienische Herkunft ihre ansonsten makellose Aussprache mit einem Akzent. »Früher warst du ein stolzer Mann. ICH war stolz auf meine Mann, aber heute hast du nur noch Unsinn im Kopf!«

Ben beeilte sich, um den Rest der Tirade nicht auch noch mithören zu müssen. Er kannte die Ausbrüche seiner Mutter. Seine Eltern lagen seit Wolfgangs Entlassung aus der Bundeswehr dauernd im Clinch.

Bens Vater hatte eine Gewissensentscheidung getroffen. Damit war der aus dem Dienst ausgeschiedene Oberstleutnant für die einen zum Feigling geworden und hatte sich in den Augen der meisten anderen zu einem Idioten ohne Bezüge und Pensionsanspruch gemacht.

Ben war insgeheim stolz auf den konsequenten Entschluss seines Vaters, doch für Rosa war Wolfgang auf einmal nicht mehr der Mann, den die examinierte Krankenschwester geheiratet hatte. Kein schneidiger Soldat in Uniform mehr, sondern nur noch Verwaltungsfachangestellter mit einer befristeten Halbtagsstelle. Wolfgang war in Rosas Achtung tief gesunken. So wie in der Achtung der Nachbarschaft, die Wolfgang Terjung kaum eines Blickes würdigte. Außer natürlich, wenn sich der »Oberst Drückeberger« öffentlich zum Gespött der Leute machte. Mit einem gemieteten Bagger zum Beispiel.

Ben trottete mit knurrendem Magen die Straße entlang und seufzte. Seine Schultasche hatte er mitgenommen, um die Hausaufgaben bei den Zwillingen zu erledigen. Und Tante Gloria hatte vielleicht auch noch etwas zu essen.

Kurz darauf öffnete Gloria die Tür. Für Ben war das Haus der Tante sein zweites Zuhause. Es war immer ein wenig unheimlich, *wie* ähnlich sich seine Mutter und ihre Schwester sahen. In dieser Situation, an der Tür, taten Rosa und Gloria sogar auch stets das Gleiche: Sie lächelten, sagten »Mein Lieber. Komm rein«, strichen Ben über den Kopf und ließen ihm den Vortritt.

Ben ließ die Schultasche in den Flur fallen und streichelte ausgiebig Mister Big. Das Hündchen, kaum größer als ein Meerschweinchen, wand sich vor Wonne auf den Steinfliesen. Mister Big wurde so gut wie nie gestreichelt. Die Zwillinge machten einen großen Bogen um den kleinen Hund, den sie sich früher so sehr gewünscht hatten, denn wie sich herausstellte, stank Mister Big bestialisch. Schlimmer als ein alter Straßenköter, behaupteten die Zwillinge. Gloria hatte Ben einmal verraten, dass sie das Hündchen mit der Furzkrankheit nach einer Figur aus ihrer Lieblingsfernsehserie benannt hatte, die Ben allerdings nicht kannte, weil sie nicht mehr gesendet wurde. Irgendwas mit „Sex" im Titel.

»Streiten sie wieder?«, rief Gloria aus der Küche.

»Mhm«, brummte Ben, atmete durch den Mund und streichelte den Hund.

»Was ist es diesmal?«, fragte Gloria.

Ben stand auf und ging um die Ecke in die offene Wohnküche. Gloria briet kleine Würstchen, deren Duft Ben das Wasser im Mund zusammenlaufen ließ.

»Papa hat einen Bagger gemietet.«

Gloria lachte auf und wirbelten mit einem geschickten Schwung die Würstchen durch die Luft. Sie landeten zischend wieder in der Pfanne.

»Weshalb ein Bagger?«, kicherte sie.

Ben wünschte sich für eine Sekunde, Gloria wäre mit Wolfgang verheiratet. Alles wäre nur halb so schlimm. Rosas Zwillingsschwester Gloria achtete Bens Vater besonders für seine konsequente Entscheidung, den Dienst an der Waffe zu quittieren. Gloria war das genaue Gegenteil ihrer Schwester, obwohl sich die beiden sich äußerlich so ähnlich sahen. Gloria konnte Uniformen nicht leiden. Sie mochte Wolfgang für seine Ideen und Ideale. Genau jene Gedanken, für die Bens Mutter Rosa ihrem Mann ständig die Hölle heiß machte. Irgendetwas war vor seiner Geburt falsch gelaufen, befürchtete Ben insgeheim. Von der Sache mit den Zwillingen ganz zu schweigen, denn Ben liebte und begehrte beide, besonders Bella. Doch das war eine andere Geschichte …

Glorias Lachen erleichterte Ben. Es feuerte ihn an, die Geschichte so spannend wie möglich zu machen, extra für seine Tante. Er wusste, dass sie das liebte.

»Was hat er damit vor? Nun sag schon!« Gloria zog die Pfanne vom Feuer und war ganz Ohr.

Ben machte eine Kunstpause. Was dazu führte, dass Gloria ihm mit einem Würstchen köderte, um die ganze Story zu bekommen. Ben wollte abbeißen und schnappte nach der Wurst, doch Gloria war schneller. Sie hatte lange genug mit Mister Big trainiert.

»Papa will einen Gartenteich bauen«, sagte Ben und erntete einen verstörten Blick von seiner Tante.

»Einen was?«

»Einen Teich«, wiederholte Ben.

»Dafür hat Wolfgang den Bagger gemietet?«, fragte Gloria ungläubig.

Ben konnte den Anblick des Würstchens vor seiner Nase nicht mehr ertragen. Es war Zeit zu Essen, die Bombe endlich platzen zu lassen. »Es kommt noch besser«, sagte Ben.

Gloria hielt es kaum noch aus. Sie zitterte vor Spannung. In Erwartung der grandiosen Auflösung, die Ben den tragischen Familiendramen verleihen konnte. Darin war er in den letzten Jahren immer stärker geworden. Die Struktur seiner Aufsätze hatte sich dermaßen verbessert, dass ihm die Deutschnote sogar die letzte Versetzung gerettet hatte. Schon wegen der Aufsätze, denen er dank der Neugierde seiner Tante Spannung verleihen konnte. Es war ein Tauschhandel: Ben machte ein deutliches Zeichen Richtung Würstchen. Ohne das wäre die Geschichte hier zu Ende, wusste Gloria. »Du hast Mister Big gestreichelt. Wasch dir erst die Hände. Nein, warte, wir machen das anders …«

Die Unterbrechung der Geschichte durch Bens Ausflug ins Bad hätte Gloria niemals ausgehalten, dazu war sie einfach zu neugierig, wie es weitergehen würde. Ben tat ihr leid, weil er ständig unter den Streitereien seiner Eltern leiden musste. Doch insgeheim war sie überzeugt, dass Wolfgang und Rosa mit ihren Feuerwerken die Ehe am Leben erhielten. Es reinigt die Luft, wusste Gloria aus eigener Erfahrung. Ihr eigener Mann war jedem Streit so lange aus dem Weg gegangen, bis er zu Gloria und den Mädchen irgendwann gar nicht mehr zurückgefunden hatte. Aber auch das war ein anderes Thema …

Nun wollte Gloria wissen, was Wolfgang diesmal verbrochen hatte. Ein wenig Schadenfreude war schon dabei, als sie ihrem Neffen das Würstchen vor den

Mund hielt: »Komm her ... ohne Hände ... beiß ab, bravo«, sagte sie und freute sich auf die Pointe. Warum kaute der Junge bloß so langsam und ausgiebig? Und wieso grinste er dabei?

YANG

16 UHR 25

Turbo sah durch das Heckfenster des Wohnmobils und wartete. Zu Beginn der Blauen Stunde schloss Turbo die Augen. Als der Himmel von der untergehenden Sonne seine schönste Farbe geschenkt bekam – Guten-Abend-Blau, Superman-Blau, Nachdenklich-Blau – ging Turbos Atem ruhig und gleichmäßig. Turbo schob alle Gedanken beiseite, ohne zu drängen, und stellte für einen kurzen Moment alle Fragen in den kleinen Schrein, der während einer Meditation extra dafür erdacht wurde.

Tue ich das Richtige? Werde ich geliebt? Wird das gut gehen? War es ein Fehler, die Jungs nicht einzuweihen?

Die Wintersonne versank hinter dem Schallschutzhügel. Wärme, Gelassenheit und Friede breiteten sich von Turbos Mitte im ganzen Körper aus.

SUPERGAU

6 UHR 25

»Ben, ich muss wissen, was Wolfgang und Rosa mit diesem Gartenteich ...«

»Ist ja gut«, unterbrach Ben seine Tante, »ich erzähle es dir. Kann ich noch 'n Würstchen haben?«, fragte er. Natürlich nur, um sie zu noch weiter auf die Folter zu spannen. Und wie immer, wenn er Mädchen ärgerte, fand Ben die Grenze nicht. Er hatte schon öfter den Moment der Macht genossen – und den entscheidenden Punkt verpasst, ab dem Mädels keinen Spaß mehr verstehen. Tante Gloria wurde langsam sauer, doch Ben musste unbedingt noch einen drauflegen: »Wann kommen die Zwillinge? Sie wollen die Geschichte bestimmt auch hören.« Ben grinste. Aber nur für eine Sekunde. So lange hatte Gloria gebraucht, um in die Küchenzeile zu huschen und mit ihrem größten Schlachtermesser vor Ben wieder aufzutauchen. Mit vor Wut irren Augen – Ben kannte diese Augen von seiner Mutter – zischte sie: »Du erzählst sofort weiter! Oder ich schneide DEIN Würstchen ab, capisci?!«

Schlechtes Timing, dachte Ben. So ungefähr musste sich sein Vater fühlen, wenn er einer seiner Eingebungen folgte. Ohne Rücksicht auf sich und die Umwelt. Ohne Rücksicht auf Verluste. Mit dieser Erkenntnis fiel es Ben auf einmal nicht mehr leicht, dem neuesten

Familiendrama eine lustige Auflösung zu verpassen. Jene Pointen, die seinen Aufsätzen Bestnoten einbrachten und die Gloria so liebte. Die Tante, die sich mit einer dreißig Zentimeter langen Messerklinge vor Ben aufgebaut hatte. Gloria würde ihrem Neffen nie etwas antun. Sie konnte Ben noch nicht einmal einen Klaps geben, selbst wenn er ihn ab und zu verdient hatte. Ben beeilte sich: »Zuerst haben Mama und Papa darüber gestritten, dass es Schwachsinn ist, im November einen Gartenteich graben zu wollen ...« Gloria lauschte interessiert und legte das Messer weg. Ben entspannte sich und erzählte weiter: »Also, Papa hatte sich beim Baggerverleih extra danach erkundigt, dass der Bagger auch gefrorenen Boden schafft. Das kann der Bagger wohl, haben die jedenfalls behauptet.«

»Aber der Bagger passt nicht durch die Garagentür in den Garten«, ergänzte Gloria. Und Ben wunderte sich zum hundertsten Mal, dass die Gedankengänge seiner Mutter und seiner Tante so häufig identisch waren. Genau dieses Argument hatte seine Mutter als Erstes vorgebracht.

»Papa hat vorgeschlagen, den Teich einfach im Vorgarten anzulegen.«

»Spinnt er?«, entrüstete sich Tante Gloria, »Dazu ist der Vorgarten doch viel zu klein.«

Es ist unheimlich, dachte Ben. *Genau diese* Worte hatte seine Mutter gesagt: »Spinnst du, Wolfgang? Dazu ist der Vorgarten viel zu klein!«

»Mama hat vorgeschlagen ...«

»Könnte man nicht die Tür in der Garage verbreitern, damit der Bagger in den hinteren Garten kommt?«, unterbrach Gloria. Ben hielt inne – genau das hatte seine Mutter gefragt. Es war UN! HEIM! LICH!

»Dann wäre alles in Ordnung, oder nicht?«

»Das war ja Papas Trick«, antwortete Ben. Gloria verstand sofort, was er damit meinte. Sobald Wolfgang seine Frau dazu brachte, sich an der Umsetzung einer Idee zu beteiligen, hatte er fast gewonnen. Nur diesmal nicht, denn –

»Der Trick hätte vielleicht funktioniert, wenn Papa wirklich einen Gartenteich bauen wollte. Was im Winter schon bescheuert genug ist … Aber er will etwas vergraben.«

»Verstehe ich nicht«, sagte Gloria, enttäuscht von Bens Geschichte. Also zog er seinen Trumpf: Er legte ein gefaltetes DIN A4-Blatt vor Gloria auf den Küchentisch.

»Was soll das sein?«

»Ein Panikraum.«

»Ein was?«

»So was Ähnliches wie ein Bunker. Fix und fertig, mit allen Anschlüssen, Tür, Klappbetten und so weiter. Diese Kiste vergräbt man unter der Erde, wie einen zusätzlichen, sicheren Kellerraum.«

»Aber … warum?«, wollte Tante Gloria wissen.

»Er soll uns schützen, meint Papa. Der Panikraum hält alles ab … Einbrecher, Mörder, vielleicht sogar radioaktive Strahlung, chemische Waffen und so. Das Bild habe ich mitgehen lassen, als er und Mama gestritten haben.« Gloria faltete das Dokument mit zitternden Fingern auseinander. Sie betrachtete das Bild und begann zu lachen. Auf einem Tieflader war ein Klotz mit einer Eingangstür zu erkennen. Die große graue Kiste lag auf der Ladefläche eines Spezialtransporters mit Kranvorrichtung.

»Papa kann damit nicht in den hinteren Garten

weil die Kiste überhaupt nicht durch die Tür passt, verstehst du? Der Bagger ist ein Witz gegen dieses Monstrum. Das Ding ist nicht nur größer als die Tür zum Garten ... Der Panikraum ist fast so groß wie unsere Garage! Er *muss* das Ding also im Vorgarten vergraben. Dafür muss er aber auch Mamas ganzen Vorgarten aufreißen.«

Ben hatte gewonnen. Gloria lachte Tränen. Sie konnte ihn nicht mehr daran hindern, zur Pfanne zu gehen und sich mit Mister Bigs Streichelstinkfingern eigenhändig Würstchen aus der Pfanne zu klauen. Sie keuchte, hielt sich den Bauch und wand sich am Küchentisch. Natürlich hatte Ben noch ein Ass im Ärmel. Doch genau das bereitete ihm auf einmal Bauchschmerzen. Diese Nummer von Bens Vater war größer als alle anderen Spinnereien vorher. Ben verstand das Ausmaß des Problems, die wirkliche Dimension erst, als der Ausdruck der Web-Seite direkt vor Gloria auf dem Küchentisch lag, benetzt von ihren Lachtränen. Seine Mutter würde das nicht akzeptieren, wurde Ben mit einem Schlag klar. Diesmal würde sein Vater nicht so einfach aus der Geschichte rauskommen.

Deshalb spielte Ben gegenüber Gloria seinen Joker aus, ohne großen Spaß daran zu haben.

»Drei, zwei, eins ... Seins!«

Gloria verstand kein Wort. Ben deutete wortlos auf den Zettel. Oben links waren vier bunte Buchstaben abgedruckt: e (rot), b (blau), a (gelb) und y (grün).

EBAY.

Eine atemlose Pause – Gloria las die Kopfzeile der Versteigerung. Dann den Preis. Ihr Unterkiefer sackte fast auf die Platte des Küchentischs.

»Wolfgang hat den Bunker ERSTEIGERT?«

»In zehn Tagen wird er geliefert«, bestätigte Ben.
»Dieses Monstrum?«
»Auf einem Tieflader. Wie auf dem Bild.«
»Aber … Was sagt denn Rosa dazu?«
Es hätte so eine schöne Pointe werden können. Doch Ben sah auf einmal nackte Angst in Tante Glorias Augen. Sie war Mamas Schwester. Bis ins Mark.
»Wir … ich MUSS das verhindern. Rosa wird Wolfgang umbringen!«
»Papa will es aber durchziehen. Es geht um die Sicherheit der Familie, sagt er. In Amerika haben das schon viele Familien und der Kaufpreis ist spottbillig, sagt er. Und er will keine schlechte Bewertung bei eBay.«
»Keine schlechte … Hat er sie noch alle?«, fauchte Gloria und war noch schneller in der Jacke, als sie kurz zuvor das Messer geholt hatte.
»Du bleibst hier. Die Mädels müssen jeden Moment kommen.«
»Was wirst du tun?«, wollte Ben wissen.
»Einen Mord verhindern, schätze ich. Und deinen Vater retten. Iss den Zwillingen nicht alle Würstchen weg.« Damit zog Gloria die Tür hinter sich zu.

IM ZEICHEN DER ZWILLINGE

16 UHR 31

Ben schnappte sich die Fernbedienung und ein weiteres Würstchen, legte sich auf die Couch, schaltete den Fernseher ein und wartete auf die Mädels. Glorias Ermahnung, etwas zu essen für die Zwillinge übrig zu lassen, war völlig unnötig, denn Ben hatte Respekt vor ihnen. Wenn im Wetterbericht eine Sturmfront mit weiblichen Namen angekündigt wurde, musste Ben an die Mädels denken.

Antonia und Bella waren ein Jahr und drei Monate älter als Ben. Die Tatsache, dass die Zwillinge zu Bens Familie gehörten, machten seine erotischen Träume nicht leichter. Ben fühlte sich schuldig, von ihnen erregt zu sein. Selbst wenn er nicht mit ihnen zusammen war.

Noch schlimmer wurde es, wenn beide Mädels sich auf ihn stürzten, Ben auskitzelten und ihm »aus Spaß« lauter Knutschflecken verpassten. Solche Kabbeleien und Raufereien waren erotisch und sexy für Ben. Obwohl er den Spielchen der Schwestern aus dem Weg zu gehen versuchte, genossen die Zwillinge ihre erregende Wirkung auf den Cousin und legten es darauf an, ihn zu verunsichern. Wenn Antonia und Bella lachten, ging die Sonne auf. Wenn die beiden Unsinn im Kopf hatten, war Ben dankbar für alles, was angeschraubt war. Für alles, an dem man sich festhalten konnte, während der Zwillingssturm durch die Bude fegte.

Als sie allerdings wenige Minuten später mit gesenkten Köpfen den Raum betraten, hatte das nichts mit den beiden Fegern zu tun, die Ben erwartet hatte. Auch die verheulten Augen passten nicht zu den stürmischen Mädchen.

»Hey. Was ist los?« Ben war vom Sofa aufgesprungen, als er den Schlüssel in der Tür gehört hatte. Gewappnet für einen neuen erotischen Angriff der Geschwister Sturm.

Nichts passierte. Ben versuchte es mit Auskitzeln bei Antonia und ging nach einem wortlosen Rippenstoß keuchend zu Boden. Antonia war robuster, stärker und drei Zentimeter größer als Bella. Rote Locken hingen in ihr verheultes Gesicht.

Bella half Ben schweigend auf die Füße, während ihre Schwester die Schultasche in den Garderobenschrank pfefferte. Bella trug ihr fast weiß blondiertes Haar ganz kurz. Ihre wasserblauen Augen schwammen in Tränen. Ben bekam es mit der Angst zu tun.

»Was habt ihr?«

Antonia wischte sich Rotz mit dem Ärmel von der Nase und sah Ben traurig an. »Du musst verschwinden«

»Lass ihn«, sagte Bella und drückte Ben heimlich die Hand.

»Geh weit weg. Sofort«, sagte Antonia wütend.

»Er bleibt hier!«, rief Bella.

»Was ist denn passiert?«, wollte Ben wissen. Beim Anblick der Zwillinge bekam er es mit der Angst zu tun. »Es sind noch genug von den blöden Würstchen da, was wollt ihr überhaupt? Ich hab auch Probleme. Mein Vater hat einen Bagger gemietet und will einen Bunker im Garten …«

»Sag mir, dass du es nicht getan hast«, unterbrach Bella und strich Ben zärtlich durchs Gesicht. Für einen Moment wurde es still zwischen Bella, Ben und Antonia.

»Sie haben dein Handy bei der Leiche gefunden, Ben«, sagte Bella. »Wir waren dabei.«

»Was für … eine Leiche?«, stammelte Ben.

»Es war dein Klingelton! *She's The One*. Bist du es gewesen?«, flüsterte Bella.

Antonia, die drei Stunden ältere Zwillingsschwester, riss einen Stapel Bücher von einem Regal an der Wand und brüllte: »Hau endlich ab!«

Bella schob Ben aus der Tür, dem das alles viel zu schnell ging.

DER RETTER
16 UHR 47

Polizeiobermeister Kürten trocknete sich die Hände neben dem Waschbecken ab, sah in den Spiegel und horchte: Nun war es wieder still. Doch er war sich sicher, so etwas wie einen Schrei gehört zu haben. Die Toiletten und Waschräume des Gebäudes lagen im Flur hinter den Räumen der Schutzpolizei. Direkt neben dem Treppenhaus zum ersten Stock, wo die Kriminalpolizei thronte. Vor zwei Stunden hatte ein Sondereinsatzkommando einen Jugendlichen durch den Hintereingang ins Gebäude gebracht. Kürten ging davon aus, dass der junge Türke im Zusammenhang mit der Mordermittlung vernommen wurde. Doch was in den letzten Minuten aus dem ersten Stock zu hören gewesen war, klang ganz und gar nicht nach einem Verhör. Kürten ging in den Flur und horchte noch einmal. Normalerweise hielten sich die Blauen aus Angelegenheiten der Zivilen heraus. Und das aus gutem Grund. Beamte der Schutzpolizei wurden von der Kripo gern als Hilfspolizei benutzt. Gerade gut genug, um für die coolen Jungs in Jeans und Lederjacke die Dreckarbeit zu erledigen. Die höheren Dienstgrade der Kriminalpolizei waren ein Klassenunterschied. Nicht nur in der Besoldung. Die gesamte Belegschaft des Gebäudes war in diese beiden Lager aufgeteilt. Dass die Kripo im Gebäude über der Schutzpolizei residierte, war üblich. Es trug nicht zum gegenseitigen Einvernehmen bei.

»HIILFEE«, hallte ein Schrei durch das Treppenhaus.

Kürten zuckte zusammen und eilte nach oben.

Was machen die mit dem Jungen?

Ein Beamter aus Breidenbachs Sonderkommission kam Kürten auf der Treppe entgegen, zwei leere Kaffeetassen in der Hand. Er nickte Kürten auf dem Weg nach unten beiläufig zu.

»Ist Breidenbach mit dem Jungen allein in der Vernehmung?«, fragte er den Kripobeamten. »Das ist gegen die Vorschrift!«

Der Angesprochene verschwand wortlos im Erdgeschoss.

VERNEHMUNG
16 Uhr 59

»Allah wird dich strafen, Ungläubiger!« Hakan spuckte und begann wieder zu schreien. Kriminalhauptkommissar Breidenbach wischte mit einem Taschentuch über sein Gesicht und ekelte sich. Vor der Spucke. Vor seinem Job. Besonders ekelte Breidenbach sich vor dem kleinen Arschloch, das ihm gegenüber saß. Der Junge war kriminell und gerissen. Es gab viele – zu viele – solcher Jungs in der Stadt. Doch Breidenbach wusste, dass er es hier mit einer ganz speziellen Ratte zu tun hatte, die ihm etwas schuldete. In seinen Berichten tauchten solche Details natürlich nicht auf. Breidenbach brüllte lieber, bevor er an seiner Wut erstickte: »Dein Scheißallah KANN MICH MAL!«

Das tat gut. Doch der Beschuldigte knickte nicht ein.

»Du bist in sechs Fällen wegen räuberischer Erpressung angezeigt worden. Vor Gericht zweimal verurteilt. Was sagt Allah DAZU?«

»Allah rules! Leck mich am Arsch, Bulle!«

»So was Ähnliches habe ich erwartet«, antwortete Breidenbach und stand auf. Er hätte dem Jungen gern ein wenig Angst eingejagt. Genau genommen hätte Joachim Breidenbach Hakan Doglu unglaublich gern die Fresse poliert. Das blöde Grinsen zu Brei geschlagen. Dem arroganten Mistkerl gezeigt, wer oder was »rules«! Dieser ganze Ärger mit den Kids – Breidenbach hielt das Jugendproblem und besonders das, wie er es nannte, »Kafferproblem« für lösbar –, doch weder die Kollegen von der Kripo noch die Blaumänner konnten mit seiner Auslegung der »Null-Toleranz-Theorie« etwas anfangen. Kaum jemand mochte Breidenbach. Seine rassistischen Sprüche. Oder seine nur schwer kalkulierbaren Übergriffe bei Einsätzen. Doch das war Breidenbach egal. Er hatte vor langer Zeit ein wirksames Mittel gegen polizeitypische Berufskrankheiten wie Burnout, Magengeschwüre und Herzinfarkte gefunden. Sie hießen Ignoranz und Brutalität.

»Der Typ im Müll war auch ein Ungläubiger. Musste er deshalb sterben?«

In den Augen des Jungen sammelten sich Tränen.

Gut so, dachte Breidenbach und biss sich wie ein Pitbull in ihm fest. »Hör auf zu flennen, es tut dir nicht leid. Du hast ihn getötet. Warum? Weil er ein Ungläubiger war? Oder hat Armin das Mädchen besprungen, auf das du scharf bist?«

Hakan sprang auf, außer sich: »Sie hat nichts damit zu tun!«

Breidenbach stand ebenfalls auf, krallte seine Hand in Hakans Schulter und drückte ihn in den Stuhl zurück.

Hakan gab klein bei, ohne sich zu wehren. Der Schmerz in seiner Schulter verzerrte sein Gesicht zu einer stummen Fratze. Breidenbach war klar, dass er mit dem Mädchen einen wunden Punkt getroffen hatte. Von dort aus würde er sich nun immer tiefer in die Geschichte dieses Straftäters hineinfressen. Bis zu dem Punkt, an dem ein sechzehnjähriger deutscher Junge erdrosselt und in den Müllcontainer vor einer Schule geworfen worden war. Die Spurensicherung hatte fast nichts. Der Tote war steif gefroren, als er aus dem Container gezogen wurde. Tatzeugen gab es ebenfalls keine. Momentan war Hakan die einzige Möglichkeit, weiterzukommen. Also hielt sich Breidenbach an ihn. Bis er hatte, was er wollte.

Es gab eine Unstimmigkeit in dem Fall, die Breidenbach zu schaffen machte. Erdrosseln war untypisch für diese Altersklasse von Straftätern. Die Kids stachen sich lieber gegenseitig ab. Oder prügelten sich bis zum Umfallen.

»Um einen Menschen mit bloßen Händen zu erwürgen, muss man ihm lange ins Gesicht sehen«, sagte Breidenbach. Der Junge wurde blass. »Ich war das nicht … Armin war mein Freund!«

»Der Anblick eines Sterbenden ist kein Kinderspiel, oder? Wo sind die Steine?«

»Welche Steine?«

Breidenbach hatte sich auf die Tischplatte vor Hakan gesetzt und wollte gerade weiteres Salz in dessen Wunde reiben. Ihn weiter mit dem Mädchen provozieren. So lange, bis er sich endlich verquatschen würde – als es an der Tür klopfte.

»Ja?«

»Darf ich kurz?« Kürten steckte den Kopf in den Raum.

Nein, dachte Breidenbach. Nicht dieser langhaarige Idiot.

»Jetzt nicht.«

»Ich muss Sie unter vier Augen sprechen.«

»Nein, ich bin in einer Vernehmung!«

Bei diesem Stichwort sprang Hakan aus dem Stuhl

und flehte den uniformierten Beamten verzweifelt an: »Helfen Sie mir. Bitte!«

»Du hältst die Schnauze. SETZ DICH!«, brüllte Breidenbach. In seinem Blick zu dem Uniformierten an der Tür lag kalte Wut. Doch Kürten hatte eine ganz eigene Art, die Breidenbach und dessen Kollegen von der Kripo immer wieder überraschte. Er blieb freundlich und unbeirrbar:

»Es dauert nicht lange ... im Flur, bitte.«

Breidenbach kochte vor Wut, sah Hakan an. »Du rührst dich nicht von der Stelle, sonst ...«

Breidenbach brauchte die Drohung nicht auszusprechen. Hakan zeigte ihm den Mittelfinger und Kürten wurde klar, dass Hakans Geschrei eine Show gewesen war. Der Verdacht körperlicher Gewalt gegen den Jungen schien unbegründet. Doch Breidenbach galt unter den Kollegen als unbeherrscht und launisch.

»Was wollen Sie? Kann das nicht warten?«, herrschte er Kürten im Flur an.

»Ich habe neue Erkenntnisse zum Mobiltelefon«, gab der zurück. »Wir haben den Inhaber verifiziert.«

»Na, und?« Breidenbach zündete sich eine Zigarette an, um die verlorene Zeit im Flur wenigstens für eine Kippe zu nutzen. In den Vernehmungsräumen durfte nicht mehr geraucht werden. Eine der besonders schwachsinnigen Regeln, die Breidenbach ärgerte. Sollten die Augen der Verdächtigen doch ruhig tränen, wenn sie keinen Rauch vertrugen.

»Natürlich war die Personenfeststellung zuletzt angerufener Nummern auf dem Mobiltelefon wichtig«

»Müssen Sie so gestelzt quatschen, Kürten?«, unterbrach Breidenbach. Der Kripobeamte blies Kürten seinen Rauch ins Gesicht. »Können Sie ein Scheißhandy nicht einfach ›Handy‹ nennen, wie jeder andere Mensch auch?«

Kürten fuhr fort: »Die Festnahme Hakan Doglus ging schnell und effizient vonstatten …«

»Was soll das werden? Eine Pressemitteilung?«, unterbrach Breidenbach erneut. »Warum holen Sie mich für diesen Quatsch aus der Vernehmung?«

Weil ich sichergehen will, dass du dich an die Spielregeln hältst, dachte Kürten, zwang sich zur Ruhe und lächelte schweigend.

Das machte Breidenbach wahnsinnig. »Kommen Sie ENDLICH aus dem Quark, Mann! Himmelarsch, muss ich Ihnen ALLES aus der Nase ziehen?«

»Der Besitzer des Mobiltelefons aus der Tasche des Toten ist ein fünfzehnjähriger Schüler des Gymnasiums. Sein Name lautet Benjamin Terjung. Das Mobiltelefon ist ihm gestohlen worden. Eine Anzeige wurde nicht erstattet, jedoch können wir davon ausgehen, dass …«

»Lassen Sie mich raten«, unterbrach Breidenbach und deutete mit dem Daumen über die Schulter in den Vernehmungsraum. » … der Tote der Dieb war, zusammen mit dem reizenden Burschen da drin.«

»Richtig«, sagte Kürten, ohne eine Miene zu verziehen.

»Sie glauben, dass Hakan und Armin derselben Gang angehören?«

»Die Zeugenaussagen der anderen Schüler deuten darauf hin«, bestätigte Kürten. »Der Tote und Ihr Verdächtiger standen sich offenbar in gemeinsamer, krimineller Absicht nah.«

»Das machen Sie extra, oder?«, sagte Breidenbach.

»Was meinen Sie, bitte?«

»Na, diese verschwurbelte Ausdrucksweise. Den Scheißkerl ›meinen Verdächtigen‹ nennen. Ist das 'ne neue Art Psychokacke? Tun Sie das, damit ich mir meiner Beziehung zum Verdächtigen bewusst werde? Damit ich ihn nicht mehr hart rannehmen kann?«

»Ganz und gar nicht, doch da Sie es schon selbst ansprechen«, erwiderte Kürten und brachte Breidenbach damit noch mehr auf die Palme, »solange der Kollege bei der Vernehmung nicht dabei ist, sind Sie für den Verdächtigen allein verantwortlich. Wenn Hakan Doglu vor, während oder nach Ihrer Vernehmung etwas zustoßen sollte … Wenn Hakan über seine Show als Opfer hinaus echten Schaden erleiden sollte, weiß ich jetzt schon, wer dafür zur Rechenschaft gezogen wird … SIE, Herr Kollege.« Kürten lächelte knapp. »Meine Ermittlungsergebnisse liegen in Ihrem Fach.«

Er drückte Breidenbach die Beweismitteltüte mit dem Handy in die Hand, drehte sich um und ging den Flur hinunter.

»Schneid dir lieber die Haare, du Arschloch«, flüsterte Breidenbach.

»Das habe ich gehört«, erwiderte Kürten, ohne sich umzudrehen.

»Das ist mir egal, du langhaariger Affe, wegen dir habe ich …«

Breidenbach hatte Kürten nicht zurückkommen hören, doch auf einmal spürte er kalten Stahl von der Größe einer Münze im Nacken. Breidenbach erstarrte: Das war die Mündung von Kürtens Dienstwaffe.

»Was soll das?«

»Kennen Sie das Sprichwort ›Wie man in den Wald hineinruft, so schallt es heraus‹?«

»Sind Sie verrückt geworden?«, jammerte Breidenbach, ohne sich zu rühren.

»Wir befinden uns gerade an der Stelle: ›so schallt es heraus‹«, flüsterte Kürten in Breidenbachs Ohr. ›Ihre Arbeitsauffassung … ja, Ihre ganze Art gefällt mir nicht. Meinen Sie, Sie könnten sich langfristig vielleicht Manieren angewöhnen, Herr Kollege?«

»Nehmen Sie die Waffe runter«, rief Breidenbach mit dünner Stimme. Kürten steckte seine Waffe ins Holster zurück. Breidenbach sackte in sich zusammen.

Kürtens Stimme blieb ein Flüstern. Breidenbach musste sich konzentrieren, um Kürten zu verstehen: »Wenn dem Jungen auch nur ein einziges Haar gekrümmt wird, ziehe ich Sie persönlich zur Rechenschaft. Nach allen Regeln der Kunst. Haben wir uns verstanden?«

Breidenbach nickte dem Schutzpolizisten zu. Fast unterwürfig.

Kürten nickte zurück, drehte sich um und ging durch den Flur Richtung Treppenhaus.

Vor der Tür zum Vernehmungsraum atmete Breidenbach tief durch. Er konnte nicht sehen, dass Kürten auf dem Treppenabsatz das Gleiche tat. Die Konfrontation war an keinem der Männer spurlos vorübergegangen.

Hakan witterte die Gefahr bereits, bevor Breidenbach den Raum betrat. Wie jeder Krieger fühlte er instinktiv, dass nun eine Schlacht zu schlagen war. Breidenbach würde gleich zurückkommen. Hakan konnte ihn spüren, konnte dessen Wut sogar riechen,. Wut aus Angst geboren, damit kannte Hakan sich aus. Er ging ans Fenster und sah auf den Parkplatz. Immer noch fielen dicke Flocken. Ganz friedlich und still. Auf einmal hatte Hakan Tränen in den Augen. Der Schnee war wunderschön, ließ nur noch Konturen von Bäumen, Autos und Fahrrädern erahnen.

Aber irgendwer latscht immer durch eine unberührte Landschaft. Irgendwer beschmutzt und zerstört immer alles, dachte Hakan, als sich die Tür zum Vernehmungsraum öffnete und Breidenbach eintrat.

Der Bulle zog das Handy vom Tatort aus einer Tüte. Hakan zuckte zusammen, dachte, der Bulle würde seine Waffe ziehen. Doch Breidenbach grinste nur, als er Hakans Angst spürte, und legte das Handy auf den Tisch. Eigentlich fletschte er nur die Zähne. Wie ein gefährlicher, geprügelter Hund, fand Hakan.

»So, mein Freund«, sagte Breidenbach und zog den Ledergürtel aus seiner Hose. »Mit deinem Geschrei hast du den Showteil ja schon absolviert. Mal sehen, was du drauf hast, wenn es *wirklich* weh tut.«

»Ich sage Ihnen alles, was ich weiß, tun Sie mir nichts«, flehte Hakan.

Der Zivilbulle neigte den Kopf, dachte kurz nach und sagte kalt: »Das wirst du, aber erst werde ich dir die Fresse polieren. Nach deiner Show von eben wird uns jetzt niemand mehr stören.«

Hakan war auf einmal sicher, in der Hölle gelandet zu sein.

Ich hab Polizei, dachte er und konnte ein Kichern nicht unterdrücken. Schwerer Fehler, denn der bekloppte Bulle holte aus und verfolgte Hakan mit dem Ledergürtel um den Tisch.

Hakan unterdrückte seine Panik, daraus wurde die Wut der Verzweiflung. Es war so weit – Hakan spannte alle Muskeln und orientiert sich.

Der Bulle hat null Körperdeckung, fuchtelt mit der Gürtelpeitsche herum, wie Indiana Jones auf Speed, dachte Hakan. Er muss seine Knarre irgendwo unter der Jacke haben. Aber wo ist das Ding?

Hakan griff das Handy vom Tisch, holte damit aus und stürzte sich keuchend auf Breidenbach.

Genau darauf hatte der Beamte gewartet: tätlicher Angriff eines Verdächtigen auf einen Polizeibeamten während der Vernehmung. Breidenbach ließ sich zu Boden fallen und griff nach der Dienstwaffe in seinem Schulterholster. Hakan erkannte, was Breidenbach vorhatte, und schnellte auf den Bullen am Boden zu. Es knallte zweimal ohrenbetäubend und roch nach Schwefel – Hab doch gewusst, dass er eine Wumme hat! –, beide Krieger rollten über den Boden. Es knallte erneut. Der darauf folgende Schrei war lauter als alle anderen Schreie zuvor.

DIE VERABREDUNG
17 UHR 31

Turbo saß im beheizten Wohnmobil auf der Eckbank und hatte darauf verzichtet, den brandneuen Kühlschrank anzuwerfen. Für geklautes Bier und Tiefkühlpizza war es vor der Tür kalt genug. Ein Topf mit Schnee simmerte auf dem Herd. Bereit, um später mit Teebeuteln und einem Schuss Rum verfeinert zu werden. Eigentlich stand Turbo nicht besonders auf Alkohol, doch mit dem Plan zum endgültigen Abflug mischten sich verschiedene alkoholische Getränke in Turbos Leben. Jetzt war es Tee mit Rum gegen die Kälte. Bis zur Abreise aus diesem Kaff. Bier hielt Turbo im Winter zwar für eklig, doch das Sixpack war für den Ehrengast bestimmt – Armin würde Turbo in den Süden begleiten. Er hatte noch keine Ahnung von seinem Glück, deshalb wartete Turbo aufgeregt wie ein kleines Kind vor der Bescherung auf sein Eintreffen. Der Buddha auf dem kleinen Tisch schien sich ebenfalls zu freuen. Er saß im Lotussitz, das Yin-und-Yang-Zeichen auf seinem dicken Bauch, und lächelte zufrieden. Turbo musste unwillkürlich grinsen.

Der Sohn des Herrschers über das Königreich Shakya im heutigen Nepal hatte alles hinter sich gelassen, hatte der Sensei, der Karate-Trainer Turbo erzählt. Mit neunundzwanzig Jahren, nach der Geburt seines einzigen Sohnes, verließ der Prinz sein Kind, seine

Frau und das Königreich auf der Suche nach Erlösung. Prinz Siddhartha ging auf Wanderschaft, machte sich auf die Suche nach einem Weg aus dem allgemeinen Leid in der Welt und wurde Asket. Erst Jahre später fand Siddhartha die vollkommene Erleuchtung, nach der er als Buddha – der Erleuchtete, der Erwachte – bekannt wurde.

Alles hinter sich lassen, das hatte Turbo ebenfalls vor. Alles dafür Notwendige stand in Form einer kleinen Buddhastatue in diesem Wohnmobil. Nur er und die Klamotten am Leib, mehr würden Armin und Turbo für den Start in eine bessere Welt nicht brauchen. Buddha hatte weltlichen Gütern entsagt und die Askese gewählt, doch ganz so weit wollte Turbo dann doch nicht gehen. Der Verzicht auf den großen, bösen Bruder, auf Prügel und Schmerz, Gewalt und Gegengewalt würde Turbo leicht fallen. Die Sonne sollte scheinen und es würde nur noch Longdrinks geben, das Getränk der Zukunft. Turbo hatte bisher erst einen einzigen Tequila Sunrise getrunken. Der war lecker gewesen, hatte allerdings ein Jahr wertvolle Lebenszeit gekostet. Elf Monate ohne Bewährung.

Das Getränk hatte ein Arschloch ausgegeben, der dafür etwas wollte, wofür Turbo nicht zu haben war. Es folgte das Übliche: Streit, ein rechter Schwinger von ihm, abgeblockt, Konter von Turbo und der Typ hatte eine dicke Lippe. Noch ein Fußtritt und er bereute, Turbo jemals begegnet zu sein. Auftritt Polizei. Natürlich wollte man sich nicht dafür verhaften lassen, wenn man sich nur verteidigt hatte. Doch es stand auch noch ein offener Haftbefehl wegen Sachbeschädigung aus und so hatte Turbo sich gegen die

Beamten ebenfalls zur Wehr setzen müssen. Die Bullen machten den üblichen Fehler: Sie schätzten Turbo nach der Statur ein, zogen erst den Kürzeren und dann ihre Dienstwaffen.

Elf Monate ohne Bewährung. Vier Monate Untersuchungshaft werden auf zweiundzwanzig Monate Jugendhaft angerechnet und irgendwann steigt keiner mehr durch, wie lange du noch sitzt. Du machst Striche an die Wand, benimmst dich, singst sogar im Chor und arbeitest in der Küche, bis die Hände bluten. Übrig bleiben echte elf Monate. Fast ein ganzes Jahr!

Beim Gedanken daran konnte Turbo es immer noch nicht fassen, obwohl die Haftzeit bereits seit Frühling letzten Jahres der Vergangenheit angehörte.

Armin hatte ständig betont, als Einziger im Trio schlau genug zu sein um, keine Vorstrafen kassiert zu haben. Doch in Wirklichkeit fand er seine beiden »Knackis« natürlich cool.

Mit Blick auf die Uhr stellte Turbo fest, dass Armin seit mehr als einer Stunde überfällig war. Ob er den Sprung über den Zaun nicht schafft?, dachte Turbo, lächelte dem Buddha zu und durchsuchte den Rucksack nach dem – ebenfalls gestohlenen – Handy. Turbo schaltete es ein und gab mit schmutzigen Fingern die PIN ein, die sie dem armen Würstchen zusammen mit dem Handy abgeknöpft hatten. Natürlich mit der Empfehlung, die Klappe über den Diebstahl zu halten, sonst sähe man sich wieder.

Duschen wollte ich auch noch, dachte Turbo und hörte den Klang der Begrüßungsmelodie. Gefolgt von einer Mitteilung auf dem Display. Von Hakan, erkannte Turbo und strich gelangweilt über das Display des Handys, um Hakans Nachricht ganz zu lesen.

WO BIST DU?, las Turbo die Großbuchstaben und murmelte: »Geht dich'n feuchten Furz an, Alter. Wo bleibt Armin?«

ARMIN IST TOT!

Diese Antwort wollte Turbo nicht lesen und runzelte ärgerlich die Stirn.

»Ja klar«, murmelte Turbo. »Du mich auch.«

ERMORDET!!!, brüllte die Schrift mit drei Ausrufezeichen. Turbos Hand begann zu zittern.

HAU AB SONST KRIGEN SIE DICH!

HAU AB!

Turbo ließ das Handy fallen, sprang auf und atmete heftig.

Ruhe bewahren! Der Arsch reißt sicher nur wieder einen seiner blöden Witze.

In dem engen Wohnmobil kam Turbo sich auf einmal gefangen vor. Turbo sprang mit dem Telefon in der Hand in den Schnee. Draußen war die Luft eisig. Der Platz von Scheinwerfern taghell erleuchtet. Turbo nahm allen Mut zusammen und las Hakans Nachricht erneut. Etwas daran würde den Witz sicher verraten. Das war doch ein schlechter Witz, oder?

> **WO BIST DU?**
> **ARMIN IST TOT!**
> **ERMORDET!!!**
> **HAU AB SONST KRIGEN SIE DICH!**
> **HAU AB!**

Kein Witz. Keine Auflösung. Kein »Haha, verarscht« oder so was. Keine zweite Nachricht. Nichts außer Großbuchstaben, aus denen Turbo Hakans Angst und Verzweiflung lesen musste.

Etwas fuhr durch Turbo hindurch. Kälter als der Schnee. Kälter als alles, was Turbo jemals gefühlt hatte. Traurige Gewissheit durchbohrte Turbo wie polierter Stahl. Ein Säbel, der sich im Körper drehte und den Schmerz unerträglich machte. Den Atem nahm und alles erstickte. Turbo schmetterte das Handy mit voller Wucht gegen das Wohnmobil, wo es in tausend Stücke zersplitterte. Turbo sank auf die Knie und bekam keine Luft mehr. Das Rauschen vom Autobahnkreuz, die gleißende Halogenbestrahlung, die Wohnwagen und Wohnmobile – nichts davon blieb übrig, als der Strudel Turbo mit sich in die Tiefe riss.

AUF DER FLUCHT
17 UHR 57

Vom Haus der Zwillinge schaffte es Ben nur bis zur Bushaltestelle am Ortsausgang, direkt vor der knallgelben Lagerhalle des »Möbelparadies Kürten«.

Ben wollte aus der Stadt verschwinden und bei seiner Oma unterkommen, doch an der Haltestelle wurde er von der Besatzung eines Streifenwagens angehalten.

Der Polizist und seine Kollegin stiegen aus und postierten sich rechts und links von Ben auf dem Bürgersteig. Am Straßenrand stand der Streifenwagen mit Warnblinkanlage. Damit war Ben auf drei Seiten geblockt. Werner Kürten trug seine Mütze nicht, seine lockigen Haare wehten in der kalten Winterluft. Ben konnte Sommersprossen auf der Stirn des Beamten erkennen, die in ernste Falten gelegt war.

»Heißt du Benjamin Terjung?«

»Wer will das wissen?«, gab Ben trotzig zurück. Die junge Polizistin trat einen Schritt auf Ben zu und wollte etwas sagen, doch der Beamte machte eine beschwichtigende Geste zu seiner Kollegin und antwortete geduldig: »Mein Name ist Polizeiobermeister Werner Kürten. Deine Eltern haben uns gesagt, wo wir dich finden«

Bens erster Gedanke war: Kürten? Will der mich verarschen?, als er sich zu der riesigen Lagerhalle hinter sich umdrehte und auf dem gelben Blech in riesigen Buchstaben »Möbelparadies Kürten« las.

»Hörst du mir zu?«, wollte Kürten von Ben wissen. Der sah ungläubig zwischen den etwa zwanzig knallgelben Möbelwagen und dem Polizisten hin und her. Die Lkw standen in einer Reihe schräg vor der Lagerhalle am Bürgersteig – jeder mit der Aufschrift des Möbelhauses in großen grünen Buchstaben. Erst auf den zweiten Blick begriff der Polizist, warum der Junge ihn anstarrte.

»Jaja, ich weiß. Das sind Verwandte von mir.«

»Ehrlich? Das wusste ich gar nicht«, sagte Stefanie Schäfer. »Kriegen wir Prozente?«

Kürten grinste die Kollegin an. Als er sich wieder dem Jungen zuwandte, hatte Ben bereits die Möbelwagen erreicht.

»Stehen bleiben!«, rief er hinter Ben her. Die Kollegin öffnete den Druckknopf des Waffenholsters, während Ben zwischen den geparkten Möbelwagen verschwand. Kürten biss sich auf die Lippe und dachte: Eine Sekunde nicht aufgepasst! Er rief seiner Kollegin zu: »Nimm den Wagen und fahr über den Südring hinter die Halle. Dort muss er rauskommen.«

»Soll ich nicht lieber zu Fuß … äh, ich meine …« Stefanie stockte, wollte unter keinen Umständen andeuten, dass sie jünger und fitter war und daher bei der Verfolgung schneller, als der ranghöhere, männliche Beamte.

»Nimm den Wagen und schnapp ihn dir hinter der Halle«, befahl Kürten, warf Stefanie den Schlüssel zu und rannte durch den Schnee über den Grünstreifen auf das Gelände.

»Fuchtel unter keinen Umständen mit der Waffe

vor dem Jungen herum. Außer, es ist WIRKLICH NÖTIG«, rief Kürten über die Schulter und verschwand zwischen den Möbelwagen.

»Wird erledigt, Chef«, nörgelte die Polizistin leise vor sich hin und fummelte den Wagenschlüssel aus dem Schneematsch. »Sie sind ja sooo unglaublich professionell.«

Sie stieg in den Passat, fuhr vorsichtig von der Bordsteinkante ab und scherte in den grauen Schneematsch der Ausfallstraße ein. Stefanie ließ sich Zeit, bevor sie der Automatik des Dienstwagens mit Kickdown, Blaulicht und Sirene den Arschtritt gab, der eigentlich ihrem Kollegen galt. Soll Kürten doch rennen, bis seine Lunge in Fetzen hängt, dachte Stefanie Schäfer.

Polizeiobermeister Kürten spurtete zwischen den Möbelwagen hindurch auf den Parkplatz und hielt auf die Lieferantenzufahrt auf der rechten Seite der Halle zu. Der Junge war wie vom Erdboden verschluckt. Eine hohe Hecke und Maschendrahtzaun trennten das Gelände des Möbelhauses vom angrenzenden Wohngebiet. Die Spuren des Jungen endeten auf der säuberlich gekehrten und gestreuten Strecke, die an den Laderampen der Halle vorbeiführte. Ein junger Mann im gelben Kittel rauchte, an eine Stahltür gelehnt. Sonst war im Ladebereich nichts los. Von dem Flüchtenden keine Spur.

»Wo isser lang?«, keuchte Kürten. Der blondierte Bubi wusste genau, was Werner Kürten meinte, doch er grinste nur frech, zog lässig an seiner Kippe und zuckte mit den Schultern.

»Dich … knöpfe ich mir … später vor«, keuchte Kürten Richtung Laderampe, ohne das Tempo zu drosseln. Ein dröhnendes Hupen ließ ihn nach vorn sehen – direkt in das silberne MAN-Zeichen auf dem Kühlergrill eines Sattelschleppers. Die hydraulischen Bremsen des Vierzigtonners zischten. Nur durch ein Wunder schlug sich Polizeiobermeister Kürten am Kühlergrill des Sattelschleppers lediglich eine Krone aus, prallte ab und schlug rücklings auf das Verbundsteinpflaster. Da hatte er bereits das Bewusstsein verloren.

»Isser weg?«, ertönte eine atemlose Stimme aus einem Karton auf der Laderampe.

»Irgendwie ... schon«, antwortete der Angestellte, schnippte seine Kippe auf den Hof und zog Ben aus der leeren Verpackung.

»Ach du Scheiße«, entfuhr es Ben, als er den Beamten vor dem Sattelschlepper auf dem Boden liegen sah. Der Fahrer war aus dem Führerhaus gesprungen und kniete neben dem bewusstlosen Polizisten.

»Der ist mir direkt vor den Kühler gelaufen. Ich konnte den nicht sehen«, rief der Fahrer zur Laderampe. »Ihr seid Zeugen.«

Hinter der Halle war eine Sirene zu hören.

»Ich muss weg«, flehte Ben.

»Was hast du angestellt, dass die Bullen dich verfolgen?«

»Nix«, sagte Ben, »ehrlich.«

Ben und der Angestellte sahen einen Polizeiwagen um dieselbe Ecke biegen, um die kurz zuvor der Laster gebogen war. Der Dienstwagen kam rutschend hinter dem Auflieger des Sattelschleppers zum Stehen, nur Zentimeter von dessen Stoßstange entfernt. Die Polizistin sprang aus dem Wagen und schrie den verstörten Fahrer an, was ihm einfiele, mitten im Weg stehen zu bleiben, bis ihr Blick auf den ohnmächtigen Kollegen am Boden vor dem Lkw fiel und sie augenblicklich verstummte.

»Geh durchs Lager in den Verkaufsraum und dann unauffällig durch den Haupteingang wieder raus«, sagte der Typ im Kittel leise und schob Ben durch die Stahltür in die Halle.

»Danke«, flüsterte Ben.

»Wehe, du hast mich belogen. Verschwinde«, murmelte der Angestellte, sprang von der Rampe und eilte zur Unfallstelle.

IM KÄFIG

18 uhr 14

»Was machen wir jetzt? Sag doch was«, flehte Hakan. Doch Turbo starrte schweigend auf das verschneite Feld hinter dem Zaun auf der Rückseite des Wohnmobilparks.

Turbo war drin, Hakan tigerte auf der anderen Seite des Zauns auf und ab. Die Situation erinnerte Hakan daran, wie er Turbo im Knast besucht hatte. Der Gesichtsausdruck machte ihm Angst. Die Augen waren tiefrot. Hakan war über Turbos Zustand besorgt.

»War das der Grieche? Was meinst du?«

Turbo schwieg.

»Wer hat Armin gekillt? Das kann doch nur mit dem Bruch zu tun haben, oder?«

»Halt endlich die Fresse«, schniefte Turbo.

»Is' ja gut, reg dich ab.«

Hakan hatte noch nie Tränen über Turbos Wangen laufen sehen. Natürlich tat ihm das leid, doch nach seiner Flucht aus dem Vernehmungsraum war Heulerei nicht gerade das, was Hakan gebrauchen konnte. Dafür hatte er nicht den schweren Standaschenbecher durch das Fenster im Flur des Bullenhauptquartiers geworfen und war vom ersten Stock in die Büsche unter dem Fenster gesprungen. Turbo war der Kopf der Truppe. Turbo war klug, doch im Moment schien davon nicht besonders viel übrig zu sein.

»Was sollen wir jetzt tun?«, wollte Hakan wissen.

Turbos Unterlippe zuckte. Dann klingelte ein Handy mit der Melodie von Robbie Williams' *She's The One*. Hakan fummelte in seiner Jackentasche herum und holte es heraus.

»Wo hast du das her?«, wollte Turbo wissen.

»Von Armin. Is'n Beweisstück. Hab' ich dem Bullen geklaut«, murmelte Hakan und nahm den Anruf an: »Ja?«

»Bist du krank? Mach das aus«, sagte Turbo.

Hakan lauschte einen Moment, dann wurde er leichenblass und ließ das Telefon fallen.

»Die Bullen?«, flüsterte Turbo und versuchte durch die Gitterstäbe an das Telefon im Schnee zu kommen. »Ausschalten! Die finden uns über das Ding! Das können die!«

Keine Reaktion von Hakan, der war vor Angst erstarrt.

»Tu endlich was, Mullah … SCHALT DAS AB«, brüllte Turbo.

Hakan zuckte zusammen, fischte das Telefon aus dem Schnee und unterbrach die Verbindung.

»Wer war das?«, wollte Turbo wissen.

»Er will uns treffen«, sagte Hakan.

Turbo bekam eine Gänsehaut bis unter die Zehennägel. »Woher hat er die Nummer?«

»Er sagt, ihm gehört das Handy.«

»Ach so, der Typ. Ich dachte schon …«, flüsterte Turbo erleichtert.

Hakan verstand nicht, wieso Turbo aufatmete. Er kam nicht dazu, nachzufragen, denn das Telefon im Schnee klingelte erneut. Hakan rührte sich nicht. Die Vibrationsfunktion ließ das Gerät immer tiefer im

Schnee versinken. Turbo griff durch den Maschendraht, fummelte das Telefon aus dem Schnee, wischte es trocken und ging ran.

»Was willst du? Warum sollen wir uns treffen?«

Turbo hörte einen Moment zu.

»Ist gut, zehn Uhr … An der Ruine bei der Schule. Ja, wir kommen.« Turbo unterbrach die Verbindung.

»Du willst da hingehen? Das ist doch nicht dein Ernst, oder? Wenn der Armin gekillt hat? Was ist, wenn der uns auch umbringen will?«

»Wegen seinem Fahrrad? Oder dem blöden Handy? Das glaubst du doch selbst nicht«, antwortete Turbo.

»Und wenn der mit den Bullen unter einer Decke steckt? Ich geh nicht wieder zu dem verrückten Cop. DER killt mich nämlich, wenn er mich kriegt. Das kannste mir glauben.« Hakan stapfte am Zaun entlang durch den Schnee. Immer hin und her, so, als wäre Hakan ein gefangenes Raubtier.

Turbo fragte von der anderen Seite: »Wie bist du eigentlich aus dem Laden rausgekommen?«

»Ich hab dem Bullen mit seiner Waffe in den Fuß geschossen«, antwortete Hakan, nicht ohne Stolz.

»Dann geh dem wirklich besser aus dem Weg«, lachte Turbo. »Willst du rein? Hier findet dich keiner. Komm, ich zeig' dir die Stelle, an der du über den Zaun …«

»Nee, lass mal.« Hakan winkte ab und sah sich um. »Ich war heute schon im Knast. Das reicht.«

»Wo willst du hin?«

»Zu meiner großen Schwester. Die würde mich nie verpfeifen. Vielleicht hau ich später ganz ab. In die Türkei, oder so.«

»Kommst du morgen zur Ruine, Hakan?«, wollte

Turbo wissen. Plötzlich unsicher, ob die beiden immer noch zusammengehörten. Immer noch »die Gang« waren. Hakan langte durch die Gitterstäbe unter die Kapuze des schwarzen Hoodies mit dem Tai-Chi-Zeichen und wuschelte durch Turbos dichte Haare.

»Klar komme ich. Wir kriegen das Schwein, das Armin gekillt hat. Dann machen wir es kalt. Und zwar hiermit!«

Als Hakan eine Waffe aus dem Hosenbund zog und damit herumfuchtelte, fühlte sich Turbo auf einmal noch schlechter als vorher.

»Hakan, bist du völlig krank? Gib mir die Wumme.«

DER SCHWARZE MERCEDES

18 UHR 22

»Bei meiner Mutter ist er auch nicht.« Wolfgang legte den Hörer auf.

Rosa Terjung kam aus dem Wohnzimmer. Sie war fahrig und knetete ein Taschentuch in den Händen. »Was sollen wir bloß tun?«

»Die Polizei brauchen wir nicht mehr zu alarmieren«, antwortete Wolfgang vorwurfsvoll, »Wieso hast du denen gesagt, dass er bei deiner Schwester sein könnte? Mordverdacht, so ein Schwachsinn!« Wolfgang ging in die Küche, ohne auf Rosas Antwort zu warten.

Rosa griff im Flur nach dem Telefon. »Ich rufe Gloria noch einmal an.«

»Das ist das achte Mal. Mach sie nicht verrückt. Sie hat versprochen, sich zu melden, wenn sie etwas von Ben hört.«

»Möchtest *du* lieber mit meiner Schwester sprechen?«, kam es ätzend von Rosa. »Ihr beide habt doch *so* ein gutes Verhältnis.«

»Nicht wieder die alte Leier.«

Wolfgang öffnete den Kühlschrank und nahm einen Schluck aus der Milchpackung, wohl wissend, dass er seine Frau damit ärgerte.

»Draußen ist es kalt und dunkel. Der Junge wird erfrieren«, sagte Rosa und sah durch das Küchenfenster auf die Straße. So dunkel wie sie befürchtete, war es allerdings nicht, denn die Schneedecke reflektierte das Licht der Straßenlaternen. Sie erkannte den weißen Familiengolf an der Hecke des Nachbarn von gegenüber. Trotz ihrer Sorge um Ben flammte heißer Ärger in ihr auf. »Unser Wagen steht wegen dem Bagger immer noch auf der Straße.«

Hinter ihr stöhnte Wolfgang vernehmlich. Bis zum Besuch der beiden Polizeibeamten am späten Nachmittag hatte er sich mit Rosa über dieses Thema streiten müssen. Nicht einmal Gloria hatte das aufbrausende Temperament ihrer Schwester beschwichtigen und den Streit schlichten können. Als Wolfgang noch nicht wusste, worum es ging, war er sogar froh über das Erscheinen der Beamten gewesen.

»Hat die Polizei jemand vor unserem Haus postiert, um Benjamino aufzulauern?«, riss Rosa ihren Mann aus seinen Gedanken.

»Nicht, dass ich wüsste: Wieso?«

Rosa trat zur Seite und ließ Wolfgang einen Blick auf einen großen schwarzen Mercedes werfen. Der Wagen hatte anscheinend erst vor kurzer Zeit vor dem Golf geparkt. Ganz im Gegensatz zur terjungschen Familienkutsche war der Benz makellos sauber, kein Schnee, frei von jeglichem Matsch, ja noch nicht einmal nass. Außerdem lief der Motor, wie Wolfgang an dem weißen Qualm erkennen konnte, der am Heck der Limousine aufstieg.

»Das sind niemals Polizisten.«

»Warum nicht?«, wollte Rosa wissen.

»Die fahren keine alte S-Klasse.«

»Ich habe im Fernsehen gesehen, dass diese Eingreiftruppen der Polizei solche Autos fahren«, sagte Rosa.

»Das SEK meinst du?« Wolfgang rieb sich das Kinn. »Glaube ich nicht. Die Polizei war eben hier und hat Ben nicht gefunden. Warum sollten die ein Sondereinsatzkommando schicken … da, sieh mal.«

Im Mercedes war ein Feuerzeug aufgeflammt. Nur ganz kurz, um eine Zigarette zu entzünden. Wolfgang verließ das Zimmer.

»Was hast du vor?«, wollte Rosa wissen.

»Ich werde jedenfalls nicht den ganzen Abend aus dem Fenster starren«, hörte sie ihn aus dem Flur. Rosa folgte Wolfgang und sah, wie er sich eine Jacke überzog.

»Ich werde fragen, worauf er wartet. Und dann gehe ich unseren Sohn suchen.« Er griff nach einem Regenschirm aus dem Tonkrug neben der Tür und schwang ihn wie einen Baseballschläger.

Rosa hatte auf einmal das Bedürfnis, ihren Mann zu küssen. Sie tat es, ohne zu zögern.

»Wofür ist das?«, fragte Wolfgang skeptisch.

»Für, äh … forza … Raus jetzt! Hol unseren Benjamino zurück«, gestikulierte Rosa und hatte erneut mit den Tränen zu kämpfen.

Wolfgang stapfte vorsichtig durch frisch gefallenen Schnee über den Plattenweg des Vorgartens. Bereits nach den ersten Schritten hatte ihn der Fahrer des Mercedes bemerkt, der kleine Glutkegel seiner Zigarette zeigte plötzlich auf Wolfgang. Dann heulte der Wagen mit durchdrehenden Rädern auf, kam jedoch kaum von der Stelle. Wolfgang legte einen Schritt zu, begann ebenfalls zu rutschen und schlidderte, mit dem Schirm um sein Gleichgewicht fuchtelnd, aus dem Vorgarten über die schmale Wohnstraße auf den Mercedes zu. Er ähnelte einem Fechter bei der Attacke.

»Warten Sie!«, rief er hinter dem Wagen her. „Ich will nur …"

Der Benz schoss ungebremst aus der kleinen Wohnstraße, rutschte über zwei Fahrspuren in die Hauptstraße und verschwand. Wolfgang stand völlig verdutzt vor dem Haus. Bei den Schraders gegenüber bewegte sich die Gardine. Wolfgang winkte und die Gardine wurde hektisch zugezogen.

»Papa?«, hörte Wolfgang die dünne Stimme seines Sohnes hinter sich und zuckte zusammen.

»Ben!«

»Ich hab mich … versteckt«, lallte Ben mit vor Kälte schwerer Zunge. Der Junge bot ein Bild des Elends. Er zitterte am ganzen Körper, war bleich und stapfte steif gefroren an der Hecke entlang bis zum Golf, vor dem der mysteriöse Mercedes geparkt hatte. Wolfgang ließ den Schirm aufschnappen und schützte Ben vor den neugierigen Blicken der Nachbarschaft.

»Wo hast du gesteckt?«, zischte Wolfgang seinem Sohn zu und schob ihn durch den Vorgarten. »Los, rein, bevor deine Mutter ihren Freudentanz vor der Tür macht. Dann rufen die Nachbarn garantiert die Polizei.«

»War das nicht die Polizei?«, fragte Ben. »Ich dachte, die haben auf mich gewartet.«

»Nein.« Wolfgang schob Ben ins Haus und klappte den Schirm zu.

Was geht hier vor?, fragte sich Wolfgang, nachdem Ben ihm alles erzählt hatte. Was es auch ist, wir müssen auf jeden Fall etwas dagegen unternehmen, dachte er und ein Plan begann in ihm zu reifen. Ein Plan, der ihm weit mehr Ärger einhandeln würde, als die Online-Ersteigerung eines Panikraums. Wolfgang Terjung nahm sich vor, die Gang mit Bens Hilfe zu schnappen. Vater und Sohn – auf eigene Faust.

ABSCHIED
21 UHR 53

Zum ersten Mal in seinem Leben war es ein merkwürdiges Gefühl für Hakan, allein durch die Nacht zu huschen. Schnee war zu schmutzig glitzernden Bergen an den Seiten der Fußgängerzone gefroren. In der Nacht von Freitag auf Karnevals-Samstag hatte ein neuer Kälteeinbruch alles vereist und die Jecken von der Straße vertrieben. Hakans Gesicht war taub. Er sah sich immer wieder um, doch niemand schien ihm zu folgen. Auf dem Weg in die Fußgängerzone waren ihm keine Pappnasen begegnet, kaum jemand war bei dieser Kälte und zu dieser Uhrzeit unterwegs.

Hakans Schwester Sibel wohnte mit ihrem Mann über der gläsernen Front einer Einkaufspassage. Vier Zimmer Neubau mit Parkettboden und allem erdenklichen Luxus. Aus der Hauptstraße von damals war eine Fußgängerzone geworden, und Sibel brauchte keinen Führerschein. Alles war zu Fuß zu erreichen. Wenn es nach Sibels Mann ginge, würde sie das Haus sowieso nie verlassen.

Hakan hatte mit seiner Schwester oft darüber gestritten, dass der Deutsche noch viel altmodischer und spießiger war als der eigene Vater. Natürlich ehrst du deinen Vater. Auch wenn du ihn für rückständig, hartherzig und beschränkt hältst. Doch dann heiratet deine geliebte große Schwester einen Deutschen. Einen

Spießer, der von Frauen und besonders von türkischen Frauen keine Ahnung hatte. Das war verrückt, fand Hakan. Was liebte seine Schwester an diesem Typen? Hakan verstand es nicht, Sibel konnte es nicht erklären, dennoch waren die Geschwister unzertrennlich.

Hakan freute sich auf seine Schwester. Sie und der Deutsche hatten noch keine Kinder, weswegen Hakan seine große Schwester schon oft hatte trösten müssen.

Nur deshalb hatten sie ein Zimmer für Hakan. Auch wenn der Deutsche den türkischen Schwager nicht besonders leiden konnte. In dieser Wohnung mit zwei Bädern musste Hakan ihm nicht oft begegnen. Er wusste, dass der Schwager ihn als Gast nicht wollte. Fehlende Gastlichkeit, unmöglich und dennoch typisch für die Deutschen, fand Hakan.

Aus der Ferne hörte Hakan das Klingeln einer leeren Bierflasche auf dem Boden und drehte sich um. Nichts zu sehen.

Am frühen Abend hatte ein kurzer Regenschauer den Schnee glasiert, seine schalldämpfende Wirkung überfroren und zu einem Resonanzboden gemacht. Lachen, Schritte und Gelächter aus den Kneipen mit Karnevalisten. Licht und Lampen, alles wurde von dem harten glitzernden Boden reflektiert. Obwohl Hakan ganz allein auf die Glastür zuging, die den Wohnbereich des Gebäudes an einer Seitenstraße der Fußgängerzone von dem luxuriösen Einkaufszentrum trennte, hörte er entfernte Stimmen und Gelächter aus den Straßen.

Hakan konnte durch die Glastür Ladenlokale erkennen, in denen er seit der Gründung des Einkaufszentrums vor ein paar Jahren mehrfach mit der Gang unterwegs gewesen war. Ladendiebstahl, Taschendiebstahl, es war ein Paradies für solche Sachen gewesen. Bis die bulligen Sicherheitsleute des Griechen dort zu patrouillieren begonnen hatten. Da war es mit dem »Klauparadies«, wie Armin den Ort genannt hatte, vorbei gewesen.

Hakan suchte auf der Klingelschildleiste neben der Glasfront den Namen des Deutschen, der seine Schwester in die luxuriöse Eigentumswohnung über dem Konsumparadies entführt hatte. Dann hörte er das Heulen.

Mindestens acht Zylinder, vielleicht zwölf, dachte Hakan. Er fand den Klingelknopf ›Lindner‹ und drückte darauf.

Sibel Lindner. Klingt das beknackt, oder was?, dachte Hakan, kicherte und klingelte erneut. Sibels Stimme klang aus der Sprechanlage.

»Hakan?«

»Ey Schwestah … Hier is' dein Bestahh!«, rappte Hakan. Er achtete für einen Moment nicht auf den Rest der Welt, so sehr freute Hakan sich auf Sibel. Ihren Geruch, die warme Haut von Sibels Armen. Hakan wollte die Nase in ihre pechschwarzen Haare stecken, wie früher. Seine Hand lag auf der Glasscheibe, auf der sich Scheinwerferlicht spiegelte. Es wurde plötzlich sehr laut.

Ein großer schwarzer Benz schoss über die mit WILLKOMMEN beschriftete Fußmatte am Eingang zu den Apartments. Hakan wurde vom Außenspiegel auf der Beifahrerseite mitgerissen. Sibels Stimme war über Lautsprecher zu hören. Und die aufgeregte Stimme von Hendrik, Sibels Mann, der Hakan nicht leiden konnte. Er wollte wissen, warum der Bruder so einen Lärm machte.

Doch Hakan bekam von all dem nichts mehr mit. Er hatte Glück im Unglück und verlor das Bewusstsein, als sein Kopf auf die Motorhaube des Benz schlug. Er hörte weder seine Schwester weinen, noch seinen Handgelenkknochen brechen, als er auf dem Boden aufschlug. Es ging alles viel zu schnell. Hakan wurde in den Wagen gezerrt und der Mercedes setzte zurück. Mit dem Heulen eines überdrehten Rückwärtsgangs schoss der Benz auf die Straße zurück, wendete und raste am »Durchfahrt-verboten«-Schild vorbei aus der Fußgängerzone.

Für Hakan Doglu und Sibel Lindner, geborene Doglu, war der Abschied kurz und schmerzlos. Sibel schaute aus dem Fenster und sah die schwarze Limousine in der Nacht verschwinden. Sie ahnte nicht, dass ihr Bruder in diesem Wagen entführt wurde und dass sie Hakan lebend niemals wiedersehen würde.

SAMSTAG

EINE ANDERE VERABREDUNG

10 UHR 08

Ben hatte seit vielen Jahren nicht mehr gebetet. Er hatte erst wieder damit angefangen, als die drei Asis Ben zu jagen und auszurauben begonnen hatten. Das Zwiegespräch mit Gott hatte letzten Sommer nach einer jahrelangen Pause wieder begonnen. Zur Zeit des ersten Überfalls auf Ben. Und in jedem Gebet sollten die drei Asis verglühen, verrecken, egal was – Hauptsache, sie würden endgültig aus Bens Leben verschwinden.

Dass er nun in einem Versteck auf dem historischen Parkgelände in der Nähe seiner Schule leise murmelnd darum betete, die beiden Asis sollten auftauchen, statt für immer und ewig in der Hölle zu schmoren, war neu. Ben sah auf die Uhr: Acht Minuten nach zehn.

»Bitte, bitte, lieber Gott, lass die Typen endlich aufkreuzen«, flehte er leise.

Obwohl Wolfgang nicht besonders gläubig war, hatte er seinem Sohn das Beten beigebracht, als Ben etwa zwei Jahre alt war. Zu der Zeit hatte sich für Ben vieles verändert. Sein Gitterbett war gedreht worden. Die offene Seite mit der herausnehmbaren Strebe gab nun den Weg ins Kinderzimmer frei. Die ersten Sitzungen auf dem blauen Plastikpott mit den Abbildungen der Schlümpfe wurden geübt – ungefähr da hatte Wolfgang die Zeit für reif gehalten, seinem Sohn ein kurzes Gebet und »Oben-unten-links-rechts« vor dem Schlafengehen beizubringen. Ben war seinem Vater heute noch dankbar dafür.

Weder Wolfgang noch Ben waren getauft. Es ging Wolfgang darum, ein Ritual für Ben einzuführen. Zunächst mit einem Reim: »Lieber Gott, mach mich fromm, damit ich in den Himmel komm.«

Doch der Zweizeiler war Ben und seinem Vater bald langweilig geworden. Es folgte jeden Abend: »Lieber Gott, mach mich flott. Mach uns alle schneller. Mach bitte, dass wir klüger werden … und mach es morgen heller.«

Zu diesen Worten hatte Wolfgang mit Ben im Elternbett gesessen, rhythmisch in die Hände geklatscht und danach wie verrückt mit Ben herumgekichert. Es war ein Spaß gewesen, nichts weiter. Ben hatte keine Ahnung, was er da mit seinem Vater betete. Erst mit den Jahren waren die Worte des Dankes und der Fürbitten sinnvoller geworden. Wolfgang und Ben hatten die Hände gemeinsam gefaltet. Und als Ben in einem Film im Fernsehen gesehen hatte, wie jemand vor dem Bett kniete, wollte er sogar auch das mit dem Vater gemeinsam tun. Wolfgang machte natürlich mit. Zu dieser Zeit hatte Bens Bett keine Gitterstäbe mehr und er ging in den städtischen Kindergarten.

Der Glaube wurde nicht an Ben herangeführt, Ben suchte sich den Glauben. So, wie es ihm in den Kram passte. Natürlich konnte (oder wollte?) der liebe Gott den Goldhamster und die beiden Wellensittiche nicht wiedererwecken, nachdem die Tiere eines natürlichen Todes gestorben waren. Ebenso wenig konnte der Schöpfer seine Oma verschwinden lassen, wenn sie auf Ben aufpasste und nicht erlaubte, länger fernzusehen, als er es bei Mama und Papa durfte.

Das Ritual eines stillen Gebets vor den Schlafengehen hatte etwas Beruhigendes gehabt. Ben wusste selbst nicht mehr, wann und wieso er damit aufgehört hatte. Warum er wieder angefangen hatte, wusste er jedoch ganz genau.

»Lieber Gott, mach, dass die Typen auftauchen. Ich werde auch nie wieder so an meine Cousine denken, wenn ich, äh … du weißt schon … Da ist einer von den denen! Das ist der Dünne«, entfuhr es Ben. Den Sendeknopf seines Funkgerätes hatte er gedrückt.

»Du denkst beim Masturbieren an deine Cousinen?«, knisterte es über Kopfhörer und Ben wurde klar, dass sein Vater erheblich mehr gehört hatte, als er sollte. Ben wurde dunkelrot vor Scham.

»Papa«, sagte Ben in den Funk. »Einer der Typen ist an der Ruine. Soll ich runtergehen?«

»Auf keinen Fall«, antwortete Wolfgang. »Ich werde ihn mir schnappen. Du rührst dich nicht vom Fleck, wie besprochen. Ende.«

»Bodendenkmal, Ringwall-Anlage«, las Turbo zum zehnten Mal auf dem Schild neben der Ruine und hasste es, wie auf dem Präsentierteller in der historischen Stätte herumzustehen. Turbo las frierend weiter: »Frühmittelalterliche Schutz- und Befestigungsanlage. Sehr wahrscheinlich eine Fluchtburg aus der Zeit der Normannen- und Ungarneinfälle Ende des 9. Jahrhunderts. Vielleicht ist es auch der Überrest eines Lagers des sächsischen Heerbanns (863 n. Chr.)«

Was denn nun? Normannen? Ein Einfall der Ungarn oder die Ossis?, dachte Turbo und grinste. Ist das ein »Wer-wird-Millionär«-Schild?

»Die Mauerreste im östlichen Bereich stammen von einem Bauernhof, dem Hof Holte, etwa um 1300, der bereits im 16. Jahrhundert wieder aufgegeben wurde. Seitdem war der Ort unbewohnt und mit Wald bestanden.«

Doch schon bald eroberten neue Idioten das Gelände, dachte Turbo mit einem Seitenblick auf den Mann im fallschirmseidenen Jogginganzug, der seine Runden in der Ringwallanlage drehte. Fast in Wurfweite der Schule, an der sie Armin in einem Müllcontainer gefunden hatten.

Ein Blick auf die Uhr und Turbo ärgerte sich noch mehr, das sichere Versteck im Wohnmobilpark verlassen zu haben. Der kleine Blödmann war fast eine Viertelstunde überfällig, und auch von Hakan weit und breit nichts zu sehen. Turbo wanderte ein paar Schritte vom Schild zur Steinruine, setzte sich auf die historischen Mauern, zündete sich eine Zigarette an und gab dem Kleinen noch fünf Minuten. Am Karnevalssamstag war gar nichts los. Die Schulen im Umkreis waren geschlossen.

Der Jogger hatte eine weitere Runde gedreht und kam direkt auf Turbo zu. Er schien zu der Musik mitzusingen, die er über zwei weiße Knöpfe in den Ohren hörte.

Sicher ein iPod oder sogar iPhone, dachte Turbo und musste dem spontanen Impuls widerstehen, dem Jogger einfach in den Weg zu treten und ihn umzuhauen. Es wäre ein Kinderspiel, dem zergeligen Vogel sein Gerät zu klauen, dachte Turbo. Aber deshalb bin ich nicht hier. Hey, was macht der denn?

Wolfgang war bereits drei Runden gelaufen, um unauffällig zu bleiben und warm genug für den Zugriff zu werden. Das war nicht einfach bei diesen Temperaturen. Er konzentrierte sich auf seine Atmung und bog vom Weg ab, der durch den Schnee nicht mehr genau zu erkennen war. Seit der Nacht hatten nur ein paar Hunde und ihre Herrchen das Gelände betreten, wie Fuß- und Pfotenspuren sowie ein paar gelbe Flecken im Schnee rund um die Bäume bezeugten.

Der Jugendliche an der Mauer rauchte und schöpfte keinen Verdacht.

Ein Raucher. Das ist gut, fand Wolfgang. Dann ist er abgelenkt und wird kurzatmig sein, wenn es zu einer Verfolgung kommt.

»Do you think I'm sexy«, sang Wolfgang, als würde er Rod Steward über Kopfhörer hören. Das Lied fiel ihm ein, weil er über Funk gerade ein intimes Bekenntnis seines Sohnes empfangen hatte, in denen seine Nichten eine Rolle spielten.

Muss ich als Erziehungsberechtigter gegen solch inzestuöse Gedanken vorgehen?, fragte er sich – und entschied sich dagegen. Das war Bens Sache. Was Wolfgang betraf, würde davon nie wieder die Rede sein. Außerdem hatten Ben und er im Augenblick andere Sorgen. Wolfgang lief die Schräge der Ringwallanlage hinunter, verlor die Kontrolle im gefrorenen Untergrund und begann zu rutschen …

Der kommt direkt auf mich zu, dachte Turbo und wollte in Deckung gehen, als der Jogger sich wieder fing, auf die Füße kam und Turbo zuwinkte: »Entschuldigung.«

Leck mich am Arsch, dachte Turbo und nahm einen tiefen Zug. Dann ging alles sehr schnell.

Durch das Fernglas konnte Ben erkennen, dass sein Vater es tatsächlich geschafft und sich auf den Typ geworfen hatte. Doch der wand sich wie ein Aal, mindestens doppelt so schnell, wie Wolfgang darauf reagieren konnte. Ben ließ das Fernglas sinken, vergaß die Anweisung seines Vaters, in Deckung zu bleiben, und rannte los.

Turbo spuckte Schnee, wirbelte auf die Füße und korrigierte sich. Der Typ ist nicht zergelig, der hat kein Gramm Fett zu viel. Dieser Arsch ist in TOPFORM!

Turbo war in die Ringwallanlage zurückgewichen und schätzte den Gegner ab. Mitte vierzig, Schnauzbart, trainiert … ein Bulle? Der Gedankengang wurde von der Erkenntnis eines Fehlers unterbrochen: Es war falsch gewesen, sich in die Ruine zu verziehen. Aus dem Gemäuer gab es keinen Fluchtweg, außer an dem Kerl vorbei.

Wolfgang rappelte sich auf und sah, dass sein Gegner eine Art Kampfstellung einnahm. Im Hintergrund hörte er Bens Rufe. Der Junge hatte nicht auf seinen Befehl gehört. Das nahm Wolfgang seinem Sohn übel, denn die Sorge um Ben lenkte ihn ab und schwächte ihn. Ben durfte auf keinen Fall in Gefahr geraten, also musste Wolfgang sofort zum Angriff übergehen.

Das ist der Kampfstil der Bundeswehr, dachte Turbo, als Wolfgang vorschnellte. Diese Bewegungen kannte Turbo vom älteren Bruder, unter dessen Nahkampfübungen Turbo früher oft genug zu leiden gehabt hatte.

Aus der Ferne waren Rufe zu hören und Turbo begriff, dass der Angreifer nicht allein war. Dass es sich um eine Falle handelte.

Der erste Schlag des Typen endete im Nichts. Turbo machte blitzschnell aus dem Stand eine halbe Drehung, trat zu, und der Typ fiel um. Er blutete aus der Nase und ein Paar Handschellen fielen dem Gegner aus der Tasche seiner albernen Jogginghose.

Ist der doch von der Polizei?, fragte sich Turbo, riss den rechten Arm in Hüfthöhe zurück und schnellte mit der Faust vor. Genau auf den Solarplexus des Mannes, der sich vom Boden hochzurappeln versuchte. Er sackte zurück in den Schnee.

»Du hast Glück, dass ich keine Zeit für dich habe, Alter«, sagte Turbo und zog die Pistole, die einmal einem Kripobeamten gehört hatte, aus dem Hosenbund.

Wolfgang zuckte zusammen, doch der Junge verschwand über einen Hügel der Ringwallanlage, bevor der falsche Jogger wieder auf die Füße kommen konnte und Ben die Ruine erreichte.

»Papa«, rief Ben, völlig außer Atem und schlidderte neben seinen Vater in den Schnee. »Hat er dich verletzt?«

»Nichts passiert«, antwortete Wolfgang. Er konnte vor Schmerz kaum Luft holen und versuchte, gelassen zu klingen, um Ben nicht zu beunruhigen. Doch Wolfgang befürchtete, dass der Tritt des Jungen ihm eine Rippe geprellt oder vielleicht sogar gebrochen hatte.

Was für eine idiotische Idee, diese Kerle ohne Hilfe der Polizei schnappen zu wollen, dachte Wolfgang und atmete flach, weil jede Bewegung wehtat.

Ben half seinem Vater auf die Füße und spurtete durch den Schnee, den Spuren des dünnen Jungen hinterher. Er hoffte, dessen Vorsprung aufholen zu können, bevor der Junge die Straße erreichte. Er achtete nicht darauf, dass sein Vater unfähig war, die Verfolgung ebenfalls aufzunehmen, und – schlimmer noch – vor Schmerz nur ein leises Krächzen herausbrachte: »Er hat eine Pistole, Ben!«

Ben hörte Wolfgang nicht, rannte durch die Anlage Richtung Innenstadt.

Zum Glück ist nur einer der beiden Kerle aufgetaucht, dachte Ben und sprang über einen hüfthohen Gitterzaun, der die Ringwallanlage umgab. Für einen Moment verlor sich die Fußspur auf der vom Schnee geräumten Straße. Ben lief in der Fahrbahnmitte und suchte auf beiden Seiten nach weiteren Spuren im Schnee. Er passierte die Gebäude der Feuerwehr auf der rechten Seite.

Dort geht es nur auf den Hof der Feuerwehr. In diese Richtung ist der Typ nicht gelaufen, wenn er sich auskennt, dachte Ben und konzentrierte sich auf die andere Seite. Dort grenzte der städtische Friedhof an die Straße. Das eiserne Törchen am nördlichen Seiteneingang des Friedhofs stand offen. Ben lief darauf zu, sah über den Zaun und war sich auf einmal sicher, welche Richtung der Flüchtende eingeschlagen hatte.

Turbo stand schwer atmend hinter einem zugeschneiten Bagger auf dem Betriebsgeländes des Friedhofs und starrte die Pistole an, die Hakan an Turbo abgegeben hatte. Turbo hatte darauf bestanden, verabscheute eigentlich jede Art von Waffen. Schlagringe, Butterfly-Messer oder Pistolen – nie hatte Turbo so etwas angerührt. Diese Abneigung stammte ebenfalls aus der Bundeswehrzeit des großen Bruders. Andreas hatte sich damals von einem saufenden Idioten in einen schwer bewaffneten und ständig besoffenen Vollidioten verwandelt. Noch gefährlicher als je zuvor. Wegen dieses gewalttätigen Mistkerls hatte Turbo es beim Karate in Rekordzeit bis zum fünften Kyu gebracht. Ironischerweise war der blaue Gurt, den Turbo erreicht hatte, um der Familienhölle und besonders den Quälereien des Bruders etwas entgegenzusetzen, das Symbol des Himmels. Mit dem blauen Gurt hatte Turbo offiziell die symbolische Grenze erreicht, die zu Höherem befähigen sollte. Und daran hatte Turbo weiter hart gearbeitet. Denn der fünfte Kyu hatte nur bis zu Andreas' Wehrdienstzeit zu Turbos Selbstschutz gereicht. Als der große Bruder zum ersten Mal in Kampfstiefeln und Tarnklamotten mit der obligatorischen Bierdose in der Hand grinsend im Türrahmen stand, war Turbo schlagartig klar geworden, dass mit der Bewaffnung des beschränkten Soldatenbruders eine neue Zeitrechnung begonnen hatte. Von da an galt die Regel, nur noch zu Hause aufzutauchen, wenn »Schütze Arsch«, wie Armin ihn nannte, nicht zu Hause war. Doch leider war Andreas Heimschläfer gewesen, denn die Kaserne lag direkt an der Stadtgrenze.

Schritte knirschten durch den Schnee, Turbo atmete tief durch und wog die Waffe in der Hand. Das kalte Metall fühlte sich auf einmal gut an.

Die Spur war deutlich, da niemand vor Turbo und Ben den Friedhof betreten hatte. An verschneiten Gräbern gab es während der fünften Jahreszeit nichts zu pflegen. Zum Trauern war Karneval ebenfalls die falsche Zeit. Überall in der Stadt wurden lautstark die Geister ausgetrieben, doch hier herrschte Stille. Ben kam nicht auf die Idee, dass er vielleicht absichtlich von der deutlich im Schnee hinterlassenen Spur in die hinterste Ecke des Friedhofs gelockt werden sollte, denn das Jagdfieber hatte von ihm Besitz ergriffen. Jeder klare Gedanken an die eigene Sicherheit oder wo Wolfgang blieb, waren unwichtig geworden. Ben stapfte der Spur nach, lief um die Gräber herum und schlüpfte durch das angelehnte Tor auf das Betriebsgelände des Friedhofs.

Auf dem geräumten und gestreuten Verbundsteinpflaster verlor sich die Fußspur und Ben sah sich um. Mehrere Garagen, daneben ein großer verschneiter Haufen Äste. Unter einem Dach war welkes Grünzeug gefroren, neben einem Haufen alter Kränze, Blumengestecke und Plastikkram.

»Suchst du mich?«

Die Stimme ließ Ben herumfahren. Er bekam eine Gänsehaut beim Anblick seines Peinigers. Die Angst schoss wie eine alte Bekannte in seine Mitte, schlimmer als jeder Dreiklang es vermochte. Bens Nackenhaare stellten sich auf. Seine Knie wurden weich und er taumelte rückwärts, als der Typ auf ihn zukam. Mit einer Pistole in der Hand!

»Jetzt bist du dran, du kleiner Scheißer«, sagte Turbo und wünschte sich Hakan herbei. »Du hast Armin umgebracht.«

Mit der ungewohnten Waffe in der Hand und dem zitternden Jungen vor sich wurde Turbo klar, dass Rache den besten Freund auch nicht wieder lebendig machen würde.

»Hab ich nicht«, antwortete Ben und wurde wütend. »Wieso denken alle, ich hätte was damit zu tun?«

»Weil ...« Turbo stockte, seine Gedanken überstürzten sich.

Weil wir dich beklaut und bedroht haben. Immer wieder. Dein Fahrrad, deine Uhr, die ganze Kohle, die du dauernd an uns abdrücken musstest. Sogar deine neuen Turnschuhe. Einmal bist du auf Socken nach Hause gerannt, Alter.

»Ich hab eigentlich immer darauf gewartet, dass bei dir mal 'ne Sicherung durchbrennt«, gab Turbo zu und musste betroffen sehen, wie die Augen des Jungen feucht wurden. Seine Unterlippe zitterte. Turbo ließ die Waffe sinken und räusperte sich. Versuchte woanders hinzusehen. Es waren nicht die ersten stummen Tränen, die Turbo von dem Jungen mitbekam, doch zum ersten Mal war es Turbo unangenehm. Ein Gefühl der Reue stellte sich ein, was Turbo hasste. Doch der Versuch, dieses Gefühl in Wut auf den Jungen zu verwandeln, weil er ein Mörder war, wollte nicht gelingen. Turbo fühlte sich, wie der Junge aussah – angreifbar und schwach. Trotz einer geladenen und entsicherten Waffe, ist das nicht merkwürdig?, dachte Turbo. Warum ist Hakan nicht dabei? Wo ist der Mullah überhaupt? Dieser Typ hat Armin jedenfalls nicht umgebracht.

»Wie heißt du?«, wollte Turbo wissen.

Ben wischte sich verstohlen etwas Rotz von der Nase und schniefte: »Das weißt du nicht? Ihr habt mir doch zweimal die Schultasche geklaut.«

»Glaubst du, wir haben deine Aufsätze gelesen, oder was?«

Ben musste unwillkürlich grinsen.

»Ist das lustig? Bin ich komisch?«, fragte Turbo und trat drohend einen Schritt auf Ben zu. Der sah zu Boden und schüttelte den Kopf.

Turbo war sich sicher, dass der Junge ängstlich genug war, um keinen Unsinn zu machen, und steckte die Waffe hinter dem Rücken in den Hosenbund. Genau in diesem Moment rannte Ben auf Turbo zu. Er rammte Turbo seinen Kopf in den Bauch und warf sich mit dem ganzen Gewicht seines Körpers auf den Gegner. Schlug wie von Sinnen auf Turbo ein und brüllte unter Tränen: »Ich heiße Ben, du Arschloch! Ich habe Armin nicht umgebracht, aber ich bin froh, dass er tot ist. Tot! Ihr sollt alle tot sein, du und deine beschissenen Freunde. Tooot!«

Turbo lag auf dem Rücken, fühlte einen stechenden Schmerz in der rechten Brust, wo Bens Kopf getroffen hatte, und duckte sich gekonnt unter den Schlägen.

Er kämpft wie ein kleines Mädchen, fand Turbo und kicherte.

Das Lachen und die mühelos abgewehrten Schläge machten Ben noch wütender. Die angestaute Wut aus Monaten voller Angst und Verzweiflung brach aus Ben heraus. Doch er konnte seinen Gegner weder verletzen noch ihm Schmerz zufügen. Weil Turbo mit dem eigenen Bruder trainiert hatte und durch eine harte Schule von Prügel und Schmerz gegangen war.

Ben hockte auf Turbo und schlug unbeholfen auf den Gegner ein. Wie jemand, der noch nie jemand anders weh getan hatte. Genau deshalb war der Angriff auf dem Betriebsgelände der Moment, als Turbo Ben zu mögen begann.

ZUSAMMENSTOSS IM KRANKENHAUS

10 UHR 22

Breidenbach hinkte auf eine Krücke gestützt in den Behandlungsraum der Notaufnahme. Die Leiche lag zugedeckt auf einer Transportbahre, die in der Mitte des Raums unter einer fahrbaren Lampe stand.

Ein junger Inder in grüner OP-Montur saß am Schreibtisch neben der Tür und füllte ein Formular aus.

»Sind Sie der Arzt?«, fragte Breidenbach.

»Nein, ich bin Rosenverkäufer«, antwortete der Mann, ohne seine Notizen zu unterbrechen. »Der Arzt kommt aber sicher gleich.«

»Ah, ein Witzbold … Ich habe nur leider keinen Humor.« Breidenbach hinkte zur Bahre und sah unter das Laken. Hakan Doglu hatte die Augen geschlossen und sah aus, als würde er schlafen.

Der Arzt sprang auf. »Was machen Sie da?«

»Wer will das wissen?«, fragte Breidenbach und zückte seine Dienstmarke

»Mein Name ist Doktor Singh. Ich bin der Leiter der Notfall …«

»Ich bin Bulle und das ist kein Scherz«, unterbrach Breidenbach. »Was haben Sie über die Leiche herausgefunden, Doktor?«

Dem Unfallchirurgen wurde klar, dass Breidenbach tatsächlich keinen Spaß verstand. Er eilte zu seinen Notizen.

»Das Opfer wurde mit drei Messerstichen in den Bauch getötet. Vermutlich letzte Nacht. Ein genauer Todeszeitpunkt ist nicht festzustellen.« Der Unfallchirurg sah Breidenbach unsicher an. »Dadurch, dass die Leiche bei Minustemperaturen im Freien lag, fehlen Anhaltspunkte, die der Bestimmung des exakten Zeitpunkts dienlich sein könnten.«

Breidenbach klopfte ungeduldig mit der Krücke auf seinen Verband und verfluchte den Tag. Nicht genug damit, dass der kleine Kriminelle ihm bei seinem Fluchtversuch mit der Dienstwaffe in den Fuß geschossen hatte. Nicht genug damit, dass dem Mistkerl die Flucht GELUNGEN war! Nein, bereits einen Tag später landete er im selben Krankenhaus, in dem Breidenbachs Schussverletzung behandelt wurde!

Breidenbach hatte gerade einen lautstarken Streit mit seinem Arzt gehabt, der den Kommissar unbedingt im Krankenhaus behalten wollte, als die Leiche von Hakan Doglu eigeliefert worden war.

Der indische Arzt sah von der Leiche auf und bedachte den Beamten mit einem unsicheren Lächeln. »Ich bin allerdings kein Pathologe, wenn Sie genauere Ergebnisse wünschen, müssen Sie warten, bis die Gerichtsmedizin die Leiche untersucht hat. Dort kann man sicher …«

»Schon gut.« Breidenbach biss die Zähne zusammen, nicht nur vor Schmerz. Als er fast aus dem Raum gehinkt war drehte er sich in der Tür noch einmal zu dem Arzt um. »Sagen Sie, Doktor Singh …«

»Ja?« Der Arzt sah Breidenbach aufmerksam an.
»Haben Sie eigentlich eine Arbeitserlaubnis?«
»Ich bin in Deutschland geboren«, antwortete der Arzt entrüstet.
»Nur ein Scherz«, sagte Breidenbach, ohne zu Lächeln, und verließ grußlos die Notaufnahme.

Kurz darauf erschien Breidenbach rauchend im Foyer des Krankenhauses und winkte die beiden Streifenbeamten zu sich, die zuerst am Tatort gewesen waren. Er hörte ihnen unkonzentriert zu, während seine Gedanken um seine eigenen Probleme kreisten. Das Opfer hatte in einer gefrorenen Lache eigenen Blutes auf dem Parkplatz eines Einkaufszentrums gelegen, wurde ihm berichtet. Breidenbach kaute auf dem Filter seiner Zigarette herum. Hoffentlich haben Sie meine Dienstwaffe nicht bei dem Jungen gefunden!

Er bemühte sich, gelassen zu klingen, als er fragte: »Habt ihr noch was für mich? Irgendwas Außergewöhnliches?«

Die Männer schüttelten den Kopf. Der jüngere antwortete: »Keine Tatwaffe, keine Zeugen. Nur eine Unmenge Fuß- und Reifenspuren im Schnee.«

»Bringt wahrscheinlich nicht viel, der Platz ist seit Freitagmittag nicht mehr geräumt worden«, ergänzte der ranghöhere Beamte und zuckte bei Breidenbachs Anblick bedauernd mit den Schultern. »Die Kollegen von der Spurensicherung sind vor Ort.«

»Alles klar, danke«, sagte Breidenbach und wollte sofort in die Unfallchirurgie zurück. Er musste so schnell wie möglich nachsehen, ob sich die Waffe noch unter den Sachen des Jungen befand. Doch kaum war er ein paar Schritte durch das Foyer Richtung Ambulanz gehinkt, hörte er, wie sein Name gerufen wurde. Er drehte sich um und blieb erschrocken stehen.

»Breidenbach! Jetzt kriege ich Sie dran«, rief Polizeiobermeister Kürten und stürmte durch den Haupteingang an der Raucherecke und seinen beiden Kollegen vorbei, denen vor Schreck die Münder offen standen. »Sie unfähiger Mistkerl!«

Breidenbach fuhr der Schreck in die Glieder, doch er beherrschte sich und rührte sich nicht von der Stelle. Keine schnellen Bewegungen, keine provozierenden Gesten oder Gesichtsausdrücke. Nach der Begegnung vor dem Vernehmungsraum traute er Kürten durchaus zu, dass der Verrückte ihn erneut mit der Waffe bedrohen würde – wütend genug schien Kürten zu sein. Anscheinend hatte er gerade erst vom Tod des geflohenen Verdächtigen erfahren.

»Du hast deinen Job noch nie anständig gemacht! Schon damals nicht, als ich deine Hilfe wegen des verschwundenen Mädchens brauchte!«, rief Kürten.

Der Fall Gartenburg. Daher weht also der Wind, dachte Breidenbach. Er hatte die Anfrage von Kürten im Fall Gartenburg wegen eines Amtshilfe-Ersuchens im Ausland nicht ernst genommen. Als Kürten das Mädchen auf eigene Faust in Holland rettete und die Sache später durch die Medien ging, hatte Breidenbach den Schriftwechsel zwischen Kürten und ihm einfach vernichtet und behauptet, keine Ahnung gehabt zu haben. Eine Arbeitstechnik, die Breidenbach perfekt beherrschte.

»Als ich mich selbst um die Suche gekümmert habe, bist du mir sogar in den Rücken gefallen!«, rief Kürten, nur noch etwa zwanzig Schritte von Breidenbach entfernt.

Immer noch sauer wegen des Disziplinarverfahrens?, musste sich Breidenbach zu sagen verkneifen. Er wollte den aufgebrachten Polizisten nicht zusätzlich provozieren.

»Zwei Jugendliche sind tot … Das ist deine Schuld!«, schrie Kürten und stürmte auf den Kommissar zu.

Breidenbach sah einem körperlichen Angriff entgegen und nahm seine leichte Aluminiumkrücke fester in den Griff. In seinem Zustand rechnete er sich keine großen Chancen gegen Kürten aus. Doch plötzlich kam Stefanie Schäfer wie der Blitz durch die Tür des Haupteingangs geschossen.

»Mach keinen Quatsch, Werner!«, rief sie mit aufgeregter, hoher Stimme, die den alten Mann in der Raucherecke zusammenzucken ließ. Die Beamtin legte in einem Ton, der Glas schneiden konnte, lautstark nach: »Wir haben Terjung!«

Breidenbach sah, wie Kürtens Angriff an Energie verlor. Als hätte Stefanie Schäfer bei ihrem Kollegen den Stecker gezogen. Sie rief ihren Zauberspruch erneut: »Wir haben Terjung!«, doch Kürten war bereits zum Stehen gekommen.

»Sie habe es gerade über Funk durchgegeben. Der Junge ist mit seinem Vater bei der Ruine am Schulzentrum«, ergänzte Stefanie Schäfer atemlos. Erleichterung über die beruhigende Wirkung der Neuigkeit stand ihr deutlich ins Gesicht geschrieben.

Die Nachricht verwandelte Kürtens Wut in etwas, womit Breidenbach noch weniger umgehen konnte, als mit den tätlichen Angriffen dieses uniformierten Spinners. Kürten wirkte wie ausgewechselt.

Wieso hat er auf einmal derart gute Laune?, fragte sich der Kommissar verstört.

»Diesmal werde ich deine Karriere das Klo hinunterspülen, ohne dir auch nur ein Haar krümmen zu müssen«, lautete Kürtens Antwort. »Du wanderst in den Knast, und du weißt, was sie mit Bullen wie dir im Knast machen, oder?« Hart vorgetragen von einem Gegner, der seinen Vorteil triumphierend genießen wollte. Er schien Beweise in der Hand zu haben.

Das ist kein Bluff, begriff Breidenbach. »Was haben Sie vor?«, wollte er wissen, doch Kürten hatte sich bereits umgedreht und den Kommissar im Foyer einfach stehenlassen. Breidenbach wurde abwechselnd heiß und kalt. Er hatte es nicht mehr im Griff! Er hatte sich nicht mehr unter Kontrolle und bekam Panik. Ihm war klar, dass seine geladene Dienstwaffe irgendwo in der Stadt unterwegs war. Da Panik sein Gehirn mit einer gehörigen Portion Adrenalin und Sauerstoff flutete, wurde auch der Name Terjung plötzlich aus einer dunklen Schublade wieder an die Oberfläche gespült, um Joachim Breidenbach endgültig den Samstag zu versauen.

Benjamin Terjung, natürlich. Das Würstchen, dem letzten Sommer sein Rad geklaut wurde. Der Junge wollte mich mit einer dünnen Geschichte vom Diebstahl seines Fahrrads verarschen, um Versicherungsbetrug zu begehen. Damals hatte er dem Jungen kein Wort geglaubt und ihn zum Teufel gejagt.

Eine weitere Welle aus Angst schlug über Breidenbach zusammen, als ihm einfiel, dass von dieser Vernehmung eine Tonbandaufnahme existieren musste, um die er sich nicht weiter gekümmert hatte. Plötzlich brannte es an allen Ecken und Enden: die Toten, seine Waffe, die Tonaufnahme, der Zeuge. Es war zu viel! Breidenbach musste sich zusammenreißen, sich nicht im Foyer des Krankenhauses zu übergeben. Er wollte nicht mehr. Fast war er bereit aufzugeben.

Nach Hause, die Glotze einschalten und einfach warten, bis die Kollegen mich abholen, dachte er. Doch dann sah er in die Gesichter der Zigaretten rauchenden Schutzpolizisten neben dem Haupteingang und sein Kampfgeist bekam wieder den entscheidenden Zündfunken.

Soll ich mich etwa von Kürten und Schäfer oder von diesen beiden Idioten da festnehmen lassen? Niemals, dachte Kriminalhauptkommissar Breidenbach und entschied sich dafür, zu kämpfen. Bis zuletzt.

ENDSTATION FRIEDHOF

11 UHR 41

Turbo hatte Ben etwas Zeit gelassen, sich abzureagieren und ihn dann einfach abgeworfen. Kein Problem bei diesem Gegner: abwarten, bis die Kräfte ihn verlassen hatten. Da der Junge noch nie in seinem Leben irgendetwas für seine Muskeln oder Ausdauer getan zu haben schien, musste Turbo nicht besonders lange warten, bis Ben im hohen Bogen in den Schnee flog und schwer atmend liegen blieb. Tränen liefen über seine Wangen und versickerten im Schnee.

Turbo hatte plötzlich mit einer Woge aus Mitgefühl zu kämpfen. Diesen armen Kerl hatte Turbo, Hakan und Armin mehr als einmal abgezockt, ohne mit der Wimper zu zucken. Die Sache mit den geklauten Turnschuhen nagte besonders an Turbos Gewissen. Das Bild des erniedrigten Jungen, der auf Socken davonlief, hatte sich in Turbos Gedächtnis eingebrannt. Danach war es mit Hakan und Armin nie wieder zu so etwas gekommen.

Weiß der Teufel, was uns geritten hat, dachte Turbo und schämte sich.

»Was glotzt du so?«, fragte Ben und drehte sich weg.

Vielleicht ist es Armins Tod, der etwas verändert hat. Hat mich das weich gemacht?, fragte sich Turbo und ging zu Ben, um ihm aufzuhelfen.

»Ist von deinen Leuten schon mal einer gestorben?«

»Goldhamster«, murmelte Ben, klopfte sich den Schnee ab, »und zwei Wellensittiche.«

»Ich meine MENSCHEN, du Penner.«

Ben dachte kurz nach und schüttelte den Kopf.

»Da haste Glück gehabt«, sagte Turbo.

»Und bei dir?«

»Mein Opa, aber das ist lange her … und Armin«, sagte Turbo leise.

»Ich war das mit Armin nicht. Ehrlich.«

»Weiß ich«, antwortete Turbo. Mit einer Gelassenheit, die Ben vor Überraschung den Atem raubte.

»Was? Weißt du etwa, wer das getan hat?«

»Ich glaube schon«, nickte Turbo.

»Aber … warum gehst du dann nicht zur Polizei?«

»Weil ich es nicht beweisen kann.«

»Das können die doch tun! Ich meine, wenn du es weißt, dann können die Bullen doch …«

»Die glauben mir kein Wort. Die suchen mich wegen allem möglichen Scheiß«, unterbrach Turbo, stapfte durch den Schnee und wich Bens Blicken aus.

RINGWALL II

12 UHR 00

Der Streifenwagen bog an der Gabelung um die Ringwallanlage nach links Richtung Schulzentrum ab. Stefanie Schäfer sah ihren Kollegen die Konzentration an, mit der er den Wagen langsam über die festgefahrene Schneedecke der Straße lenkte, die nur Anlieger befahren durften.

»Fragen Sie schon«, sagte Kürten, ohne den Blick von der Straße abzuwenden, »sonst ersticken Sie noch daran.«

»Hätten Sie Breidenbach wirklich …«

»Verprügelt? Blödsinn, ich hatte alles unter Kontrolle.«

»Sah für mich aber anders aus«, entgegnete die jüngere Kollegin. Für einen Moment schwiegen beide.

»Das mit Ihrer Stimme …«, begann Kürten schließlich, ohne den Satz zu vollenden.

»Was ist damit?«

»Wenn Sie sich aufregen, wird sie immer so …«

»Wie denn?«, fragte die Beamtin ungeduldig.

»Na ja, mir sind fast die Plomben rausgefallen«, sagte Kürten und steuerte vorsichtig in eine Parkbucht am Ende der Sackgasse, bis der Wagen in der unberührten Schneedecke zum Stehen kam.

Stefanie Schäfer riss die Tür auf und stapfte aufgebracht um den Passat herum.

»Entschuldigen Sie, wenn ich mich aufrege, weil mein Partner drauf und dran ist, einen vorgesetzten Kommissar zu verprügeln!«

»Ich wollte ihm nur in den Hintern treten«, verteidigte sich Kürten.

»Dann entschuldigen Sie VIELMALS, dass ich mit meinem furchtbaren Gekreisch IHREN Hintern gerettet habe«, rief Stefanie Schäfer aufgebracht. »Du wärst nämlich auf Lebenszeit SUSPENDIERT worden!«

Ihre Stimme kippte erneut. Kürten hielt sich mit gespieltem Schmerz den Kiefer. »Aua! Schon wieder! Das tut weh!«

»Wissen Sie was? Sie können mich mal!«

»Wo ist denn Ihr Humor abgeblieben? Wir haben Karneval.«

»Mein Humor ist im Krankenhaus und erholt sich von Ihrem.« Stefanie Schäfer marschierte kopfschüttelnd voraus und hielt nach Vater und Sohn Terjung Ausschau. Der Vater hatte die Polizei vor etwa fünfzehn Minuten angerufen und diesen Ort angegeben. Wenn Stefanie den Funkspruch nicht aufgeschnappt hätte, bevor sie ihrem Kollegen ins Krankenhaus nachgelaufen war, hätte die Sache zwischen Kürten und Breidenbach völlig anders ausgehen können.

Er sollte mir dankbar sein, anstatt sich über meine Stimme lustig zu machen! Was fällt dem Blödmann überhaupt ein? Wer hat denn in den letzten Tagen dauernd Mist gebaut? Aber nein, als Frau darf ich ja immer doppelte Leistung bringen, und dann macht sich der Herr Kollege auch noch über mich lustig

»He, warten Sie. Was halten Sie von meinem Vorschlag?«, rief Kürten hinter Stefanies Rücken und unterbrach ihre Gedanken. Sie drehte sich um, immer noch stinksauer.

»Vorschlag? Haben Sie was gesagt?«

»Sie haben mich heute schon zweimal geduzt. Einmal im Krankenhaus und gerade eben.«

»Na und? Was soll das denn jetzt?«, fragte sie, als Kürten ihr die Hand hinhielt.

»Ich möchte Ihnen das Du anbieten. Ich möchte mich entschuldigen und bedanken. Beides würde ich lieber per Du tun.«

»Ach, wirklich?«, fragte Stefanie hart.

Polizeiobermeister Kürten schluckte und nahm ihre Reaktion als Ablehnung hin. Er nickte: »Schon kapiert, Frau Kollegin.«

»Du gibst aber schnell auf, Werner.« Stefanie Schäfer ergriff Kürtens Hand lächelnd. »Entschuldigung angenommen. Als Dankeschön könntest du uns nachher eine Pizza spendieren, okay? Ich falle um vor Hunger.«

»Alles, was du willst«, antwortete Kürten. »Nach der Sache im Krankenhaus bin ich dir mehr als eine Pizza schuldig. Ich habe mich wie ein Idiot benommen.«

»Schon gut.« Stefanie räusperte sich und nickte: »Wir sollten unseren Job machen. Die Terjungs müssen hier irgendwo sein.«

Sie marschierten über den Fußweg weiter ins Schulgelände hinein, am historischen Ringwall in der Grünanlage vorbei. Dahinter lag ein künstlich angelegter Weiher. Man konnte von hier aus bis zum Haupteingang des Gymnasiums sehen, wo Armin Maibergs Leiche gefunden worden war. So weit hatten die beiden Beamten jedoch nicht zu laufen, denn ein Mann in Joggingkleidung kam von rechts aus dem Gelände, wo die Anlage an den zugefrorenen Weiher grenzte.

»Herr Terjung?«, fragte Stefanie. Der Mann nickte mit blau gefrorenen Lippen. Und krächzte etwas.

»Bitte?« Stefanie und Werner beugten sich vor.

»Mein Sohn«, flüsterte Wolfgang Terjung und hielt mit der einen Hand sein Funkgerät hoch. »Er ist dem Täter gefolgt.« Mit der anderen hielt sich Wolfgang eine Stelle unterhalb der Brust.

»Welchem Täter?«, fragte Stefanie Schäfer.

»Ein … anderer … Junge«, stammelte Wolfgang.

»Sind Sie verletzt? Brauchen Sie einen Krankenwagen?«, wollte der Polizist wissen.

»Kalt«, flüsterte Wolfgang, schüttelte den Kopf und fuchtelte mit dem Funkgerät herum. »Benjamin!«

»Klar ist Ihnen kalt. Bei dem dünnen Zeug, das Sie tragen.« Stefanie schüttelte den Kopf.

»Stefanie, Sie bringen ihn bitte zum Wagen … Ich meine, bring *du* bitte Terjung ins Auto und stell die Heizung an. Wir brauchen ihn vielleicht noch. Ich versuche den Jungen per Funk zu erreichen«, übernahm Kürten das Kommando.

Auf eine Geste hin stöpselte Terjung seine Kopfhörer aus und übergab Kürten das Funkgerät.

»Du leitest über die Zentrale eine Ringfahndung nach den Personenangaben des Vaters ein. Die Kollegen sollen unseren Weg nehmen und auch von den anderen Seiten kommen. Bei der Feuerwehr vorbei und von hinten durch das Schulzentrum. Mehr Wege gibt es nicht. Wir treffen uns wieder hier. Falls wir sie dann noch nicht gefunden haben, beginnen wir von hier aus erneut mit der Suche. Weit können die beiden noch nicht sein.«

»Alles klar!«, nickte Stefanie.

»Wo sind sie lang?«, wollte Kürten von Terjung wissen. Der deutete mit einer blau gefrorenen Hand in die Mitte der Ringwallanlage.

»Unter dem Beifahrersitz müsste meine Thermoskanne sein. Sorg dafür, dass er sich aufwärmen kann.«

Kürten spurtete los, während er gleichzeitig in das Funkgerät der Terjungs sprach.

FRIEDHOF II
12 UHR 27

Ben wühlte in seiner Tasche und förderte eine Mischung aus Elektronikteilen, Plastiksplittern und Kabeln zu Tage.

»Was ist das?«, wollte Turbo wissen.

»Das war ein Funkgerät«, antwortete Ben und ließ die Reste in einen Müllcontainer auf dem Betriebsgelände des Friedhofs verschwinden. »Mein Vater ist noch an der Schule. Du hast ihn verletzt!«

»Nicht besonders schlimm. Der wird schon wieder. Ihr hättet uns nicht auflauern sollen.«

»Wo ist der Türke eigentlich?«, fragte Ben.

»Das wüsste ich auch gern ... Der Türke heißt übrigens Hakan.« Turbos nachdenkliches Gesicht verdunkelte sich, als die Sirenen von zwei Streifenwagen am Friedhof vorüberjaulten.

»Ist mir egal, wie der Arsch heißt. Ich muss zu meinem Vater zurück«, sagte Ben, den die Sirenen sichtlich beunruhigten. »Nicht, dass ihm was passiert, weil dein Scheißfreund doch noch aufgekreuzt ist!«

»Pass auf, was du sagst«, rief Turbo hinter Ben her, der an den Zaun rannte und durch die verschneite Hecke starrte.

Weitere Sirenen aus verschiedenen Richtungen waren zu hören. Das hektische Gejaule schien sich um den Friedhof herum auszubreiten. Ben dachte an seinen Vater und den Türken und wurde immer nervöser. »Wenn ich wenigstens mein Handy hätte, aber das habt ihr mir ja auch geklaut.« Er drehte sich um – und sah Turbo tatsächlich telefonieren!

MAILBOXING

12 UHR 28

Breidenbach beobachtete den Eingang zur Notaufnahme. während er seine achtzehnte Zigarette des Tages rauchte.

Dr. Singh kam aus dem Raum, in dem Hakans Leiche lag, und verschwand in die andere Richtung des Ganges zur Kantine. Darauf hatte Breidenbach gewartet. Er konnte das Krankenhaus nicht verlassen, ohne sich zu vergewissern, dass seine Waffe wirklich nicht unter Hakans Sachen war. Wenigstens in diesem Punkt wollte er gründliche Arbeit leisten. Er trat seine Kippe auf dem Krankenhausboden aus, obwohl er wusste, dass das verboten war. Genauso wie er wusste, dass es eigentlich verboten und daher fast unmöglich war, dass im leeren Behandlungsraum der Notaufnahme ein Handy klingeln konnte! Doch da Breidenbach im Dienst ständig Verbotenes tat, betrat er einfach den Raum und folgte dem Klingelton bis zu einem Plastiksack mit blutverschmierten Kleidungsstücken. Er brauchte zu lange, das Handy in der Jackentasche des toten Jungen zu finden. Als er das Telefon endlich aus dem Plastiksack mit Hakans Habseligkeiten gefischt hatte, teilte ihm ein Piepen und die Schrift auf dem Display mit, dass Hakan eine Nachricht bekommen hatte.

Auf diese Art muss ich wenigstens nicht mit

Angehörigen telefonieren und ihnen mitteilen, dass der Junge tot ist. Den Job sollen gefälligst Kürten und seine Knallköppe übernehmen, dachte Breidenbach und fummelte sich durch das Tastenmenue, um die Mailbox abzuhören.

»Ey, Alter, wo bist du?«, hörte Breidenbach eine jugendlich klingende Stimme auf der Mailbox.

Ey, in der Leichenhalle, Alter, äffte der Beamte den Ton des Anrufers nach und grinste. Doch dann wurde er von Sirenen abgelenkt, die ebenfalls aufgezeichnet waren, und die Stimme fuhr fort: »Der kleine Scheißer wollte uns zusammen mit seinem Vater krallen, checkst du das? Aber ich hatte ja die Wumme! Jetzt ist hier die Hölle los, komm NICHT vorbei, klar? Hier fliegen nur noch Bullen rum! Komm zum Käfig! Oder ruf mich an. Warte mal, das alte Handy ist im Arsch, ich hab mir aber schon ein neues organisiert. Die Nummer ist: null, eins, sechs, neun, vier, drei, fünf ...« Es knisterte und eine weitere Stimme mischte sich ein, wütender, unverständlicher Protest, dann brach die Verbindung ab.

»Mist.« Leise fluchend drückte Breidenbach auf den Tasten des Handys herum. Er hörte die Ansage mehrmals, notierte sich, was er herausfiltern konnte, und erklärte diesen Tag seufzend wieder zum Arbeitstag. Weiter in Sachen »verlorene Dienstwaffe«.

Hoffentlich haben die Typen mit meiner Waffe keinen Mist gebaut, dachte Breidenbach. Die Sirenen, die er auf der Ansage gehört hatte, sprachen eine andere Sprache. Er klemmte sich die Tüte mit Hakans Habseligkeiten unter den Arm und hinkte eilig durch das Krankenhaus Richtung Ausgang.

MAILBOXING II
12 UHR 28

»Ey, bist du weich? Das war Hakans Mailbox!«, brüllte Turbo, stieß Ben zurück und nahm sich vor, ihm beim nächsten Mal doch wieder wehzutun.

»Ich muss meinen Vater anrufen! Gib mir das Telefon! SOFORT«, verlangte Ben. »Oder ich hau dir auf die Fresse.«

Es kostete Turbo keine Mühe, Ben wieder in den Schnee zu schicken. Allerdings nur, um ihm eine Grenze zu zeigen. »DU schlägst mich nicht, kapiert?«

Ziemlich verwundert nahm Ben das Telefon entgegen. Turbo half Ben auf die Füße und ging sogar ein paar Schritte zurück an den Zaun, damit Ben ungestört telefonieren konnte.

Mittlerweile waren keine Sirenen mehr zu hören und Ben wusste nicht, was schlimmer war. Seine Hände zitterten. Nicht vor Kälte. Er hatte die Mobilnummer seines Vaters lange nicht mehr gewählt, sie war in seinem eigenen, geklauten Handy natürlich gespeichert gewesen. Der erste Versuch war eine Niete.

»Die von Ihnen gewählte Rufnummer ist nicht vergeben«, hieß es herzlos. Ben betrachtete die Nummer auf dem Display und erkannte einen Zahlendreher. Er wählte erneut. Freizeichen. Mindestens sechs Mal. Viel zu lang! Ben klammerte sich nervös an das Telefon, endlich wurde die Verbindung hergestellt.

»Hallo?« Leider eine fremde Stimme. Ben wollte gerade auflegen, als die unbekannte Frauenstimme fragte: »Benjamin? Bist du das?«
»Was ist passiert? Wo ist mein Vater?«

Turbo sah durch die Hecke, durch den dahinterliegenden Zaun auf die Straße und dachte nach. Hakan hatte mit dem Aufmarsch der Bullen nichts zu tun, schätzte Turbo und ging in Gedanken alle Fluchtwege vom Friedhof bis zum Käfig durch.

Zuerst Ben loswerden. Dann zum Käfig zurück. Montagmorgen Abreise. So lautete der Plan. Ein Dreck von einem Plan! Doch wer konnte wissen, dass die Dinge kurz vor der Abreise derart schlecht laufen würden?

Turbo grub mit der Fußspitze im Schnee, bis der dunkle Boden darunter erschien. Mit einem Seitenblick auf Ben, der immer noch telefonierte, wuchs bei Turbo der Verdacht, dass die Dinge vielleicht doch um einiges schlechter liefen, als Turbo angenommen hatte. Ben war blass geworden, während er zuhörte und leise ins Telefon sprach. Er drehte sich weg, als er Turbos Blick spürte.

Misstrauen kam in Turbo hoch: »Das ist doch nicht dein Vater. Mit wem sprichst du da?«

Drei Schritte, eine Sekunde, dann hielt Turbo das Handy abgeschaltet in der Hand und Ben lag wieder auf dem Rücken im Schnee. Den Namen Turbo trug man schließlich nicht umsonst!

»Er ist tot«, stammelte Ben und rückte ängstlich von seinem Gegenüber weg. Turbos Knie wurden weich.

»Das waren die Bullen am Telefon. Er ist tot!«

Bens Vater! Der Junge ist völlig erschüttert von dieser Nachricht. Das Gefühl kenne ich, dachte Turbo.

»Es tut mir so leid.« Turbo hockte sich vor Ben, war aber nicht besonders gut in Sachen Trost und Beistand. Doch der Wunsch, Ben zu helfen, ihn irgendwie zu trösten, wurde übergroß. Warum rückte er weg? Dachte er etwa, Turbo sei am Tod seines Vaters schuld? Quatsch! Von so einem Schlag stirbt man doch nicht … Turbo robbte durch den Schnee hinter dem verstörten Kerl her, der kriechend zu flüchten versuchte. Packte sich den Jungen und drückte ihn an sich. Ganz fest an die Brust. In dem Glauben, dass Benjamin empfand, was Turbo kurz zuvor beim Tod von Armin empfunden hatte, drückte Turbo den Jungen so fest an sich, bis Bens Rückenwirbel knackten. Durch die erstickende Umarmung flüsterte der Junge stockende Worte. Turbo wunderte sich zwar, dass Ben nicht weinte. Doch das würde kommen. Später, wenn der Schock nachgelassen hatte, wusste Turbo aus eigener Erfahrung.

»Der Türke … das Opfer … Krankenhaus … wir müssen … der Türke! JETZT LASS … MICH … DOCH MAL LOS!«

Benjamin befreite sich fuchtelnd aus der Umarmung und rief: »Der Türke ist tot!«

»Welcher Türke?« Turbo verstand nicht.

»Dein Türke! Dieser Harkan«, sagte Ben. »Sie haben ihn heute Morgen gefunden. Er wurde erstochen. Er ist tot.«

»Nicht Harkan … Hakan«, flüsterte Turbo, sprang auf und sprintete los. Um der Sekunde davonzulaufen, in der der Schmerz einsetzen würde.

BITTERE ERKENNTNIS
13 UHR 41

Wolfgang Terjung habe riesiges Glück gehabt, dass Benjamin nichts passiert sei. Obwohl weder er noch sein Sohn bei der Verbrecherjagd im Schulzentrum ganz bei Trost gewesen sein konnten, wie Stefanie Schäfer dem Vater lautstark vorhielt.

Der Familie gegenüber pflegte Wolfgang sich meistens mit wortreichen Beschreibungen des Bauchgefühls oder seiner inneren Stimme zu rechtfertigen, wenn seine Alleingänge danebengingen. Und das war eigentlich fast immer der Fall. Doch nachdem Stefanie Schäfer den Mann im Jogginganzug aufgetaut, seine Rippenprellung als solche diagnostiziert und auf der Polizeiwache mehr über die Aktion in der Grünanlage erfahren hatte, war ein Donnerwetter über Wolfgang hereingebrochen, dass er kleinlaut hatte über sich ergehen lassen.

Natürlich war Stefanie Schäfer auch deshalb so wütend, weil durch Benjamins Flucht die Hoffnung der Beamtin auf eine baldige Lösung des ersten Mordfalles in weite Ferne gerückt war. Von dem zweiten Mord ganz zu Schweigen!

»Wieso Flucht?«, wollte der Vater tatsächlich von der Beamtin wissen.

»Wie soll ich sein Verschwinden während einer Mordermittlung denn sonst nennen?«, fragte Stefanie erbost. »Was für eine bescheuerte Idee, mit dem eigenen Sohn zwei mehrfach vorbestraften Intensivtäter fassen zu wollen! Sie sind der Erziehungsberechtigte! Wieso sind Sie mit dem Jungen denn nicht gleich beim ersten Mal zu uns gekommen?«

Der Mann schien noch nicht völlig durchblutet und wirkte nicht sonderlich intelligent, als er nachfragte: »Wie, erstes Mal?«

Stefanie Schäfer warf die Akte der Anzeige des gestohlenen Mountainbikes vor Wolfgang Terjung auf den Resopaltisch. Mit dem Verdacht des Übergriffs des Beamten Breidenbach auf Benjamin wollte sie den Vater noch nicht konfrontieren. Denn der Mann schien während der Lektüre der Akte schon allein von der Tatsache völlig überrumpelt zu sein, dass der Junge im Sommer auf der Polizeiwache erschienen war.

»Davon hat uns Benjamin nie erzählt«, beteuerte er.

»Aber sein Rad wurde geraubt. Das wird Ihnen ja wohl aufgefallen sein, oder?« Den Vorwurf der Nachlässigkeit, der Dummheit und mangelnder Sensibilität – all das transportierten Stefanies Haltung und Stimme. Sie ging im Raum umher, um sich durch Bewegung abzureagieren, denn Wolfgang Terjung gab sich alle Mühe, die Beamtin mit seiner langsamen Art an ihre Belastungsgrenze zu bringen.

»Der Junge hat ein Fahrrad«, beharrte Wolfgang.

»Ein Mountainbike?«

Sein verwirrtes Schweigen ließ die Beamtin in der Anzeige nachlesen: »Marke Canyon? Modell Yellowstone?«

»In Racing Yellow, natürlich«, ergänzte er und endlich fiel bei ihm der Groschen. »Mit vollhydraulischer

Scheibenbremse, Shimano Deore-XT-Schaltwerk! Klar … Ja, das ist weg!«

»Was denn nun? Besitzt Ihr Sohn das Rad noch, oder nicht?«, wollte die Beamtin wissen. Der Vater sprang aufgeregt auf. Stefanie Schäfer trat einen Schritt zurück und vergrößerte den Sicherheitsabstand zwischen Terjung und ihr Richtung Tür.

»Setzen Sie sich bitte, Herr Terjung!«

»Das habe ich völlig vergessen. Als ich sagte, er hat ein Rad, meinte ich sein Hollandrad, mit dem er sonst immer herumgefahren ist. Das Mountainbike hat er verliehen, hat Benjamin gesagt.«

»Setzen Sie sich wieder«, verlangte Stefanie Schäfer noch einmal.

Terjung schien sie nicht zu hören. »Es wurde ihm gestohlen? Wieso hat er uns das nicht erzählt?«

»HINSETZEN«, rief die Beamtin. Wolfgang zuckte zusammen. Sekunden später wurde an die Tür geklopft und eine Stimme war von draußen zu hören, die fragte, ob alles in Ordnung sei. Da Wolfgang ihrer Aufforderung gefolgt war und wieder Platz genommen hatte, rief Stefanie: »Alles klar. Hier gibt es kein Problem«, bevor sie sich wieder Terjung zuwandte. »Wir sind wegen der Flucht eines Verdächtigen alle etwas nervös. Bleiben Sie also bitte sitzen.« Die Beamtin sammelte sich und erklärte dem Vater ruhig: »Das Rad wurde nicht einfach nur gestohlen, Herr Terjung. Ihr Sohn hat letzten Sommer Anzeige erstattet, dass es ihm auf dem Weg von der Schule nach Hause von drei Jugendlichen geraubt worden ist. Im Moment müssen wir davon ausgehen, dass Armin Maiberg, der Tote von Freitag, einer dieser Täter war. Außerdem haben wir das Handy Ihres

Sohnes bei dem Opfer gefunden. Wegen der Vorgeschichte sind wir sicher, dass Benjamin sein Telefon ebenfalls nicht freiwillig abgegeben hat. Er ist also mindestens zwei Mal bestohlen worden.«

Stefanie ließ diese Informationen einen Moment im Raum stehen, bevor sie fortfuhr: »Herr Terjung, ich bin davon überzeugt, dass Ihr Sohn seit Juni von dem Trio noch viel öfter beraubt wurde, als uns bis jetzt bekannt ist … Herr Terjung?«

Der Mann hörte überhaupt nicht mehr zu. Er starrte schweigend aus dem Fenster.

»Ist alles in Ordnung?«, wollte die Beamtin wissen. Doch für Wolfgang war überhaupt nichts mehr in Ordnung. Diese Erkenntnis traf ihn wie ein Schlag. Bens merkwürdiges Verhalten. Seine verdreckten Klamotten. Nach Ausreden klingende Antworten auf ganz normale Fragen. Die schlechten Noten. All das hatte er nicht ernst genommen. Auch nicht, als er zum Direktor der Schule gebeten worden war. Danach hatte er Ben sogar mit ein paar schlauen Sprüchen über männliches Verhalten abgespeist. Kein Wunder, dass Ben sein Probleme von da an für sich behalten hatte!

Wieso ist mir nie aufgefallen, dass Bens Mountainbike seit Juni verschwunden ist? Nun haben wir Februar, dachte er. Sein schlechtes Gewissen trieb ihm Tränen in die Augen, als er zu der Beamtin aufsah. »Nicht nur ein Handy, es waren insgesamt drei … außerdem Bargeld, seine Lederjacke … ich glaube, sogar seine Turnschuhe haben diese Typen meinem Sohn mal gestohlen!«

Stefanie Schäfer schüttelte ungläubig den Kopf. »Und das merken Sie erst jetzt? Das ist Ihnen vorher nie aufgefallen?«

Wolfgang Terjung nickte stumm und hatte Schamesröte im Gesicht. Die Beamtin wollte wissen, ob er sich nicht gut fühlte, doch er schwieg. Was hätte er sagen sollen? Dass er und seine Frau alles geglaubt hatten, was Ben ihnen erzählt hatte? Als er behauptete, die Handys, das Geld und die Jacke verloren zu haben? Dass es als Begründung in das Bild einer schusseligen, unglücklichen Jugendlichen passte, wenn Ben auf Socken zu Hause erschien, nachts nicht schlafen konnte und morgens nie aus dem Bett kam? Weil er in der Pubertät war? Schlecht gelaunt, fahrig, manchmal sogar ängstlich zu sein schien? Weil er sich in Wolfgangs Augen wie eine Memme verhielt, die sich gegen ein paar Gleichaltrige nicht behaupten konnte und immer die Notausgänge der Schule benutzte, um ihnen aus dem Weg zu gehen?

Wie sollte der Vater der jungen Beamtin erklären, dass ihm bei dem täglichen Weg in die Garage über Monate nie der Gedanke an das fehlende gelbe Fahrrad gekommen war? Dass er die Frage seiner Schwägerin Rosa, ob mit Ben alles in Ordnung sei, der Junge schien ihr oft fast depressiv, mit dem Hinweis abgetan hatte, der Junge sei eben in der Pubertät?

Wie konnte Wolfgang der uniformierten Frau gegenüber zugeben, dass er sich einfach geduckt hatte? Dass er gehofft hatte, alles würde sich von selbst einrenken? So wie er hoffte, seine Ehe käme von selbst wieder in Ordnung? Dass der Oberstleutnant in Wirklichkeit ein feiger Drückeberger war? Aber nicht, weil er den Dienst an der Waffe verweigert hatte, sondern weil er hoffte, dass seine zwischenmenschlichen Probleme sich von selbst erledigten, wenn er nur lang genug wartete.

Wolfgang schämte sich. Er saß in seinem Stuhl und starrte auf den Boden, ohne irgendetwas zu sehen. Schuldgefühle, Scham und Reue rasten durch seinen Körper. Ein neues, schmerzhaftes Gefühl. Besonders im Magen.

Wolfgang Terjung bemerkte die Hand nicht, die seine Schulter mitfühlend drückte. Seine innere Stimme kreischte vor Schmerz. Er hielt sich die Ohren zu, bis Stefanie und ein Kollege seine Hände mit sanfter Gewalt auseinander bogen, um wieder zu dem Mann vorzudringen.

Ein zufällig wegen einer Blutprobe anwesender Arzt wurde aus einem anderen Raum geholt. Er war gerade mit der Spritze und dem Beruhigungsmittel beschäftigt, als Wolfgang ohnmächtig vom Stuhl sank und von den Beamten vorsichtig auf den Boden gelegt wurde. Als der Doktor Wolfgangs Puls gefühlt und Stefanie beruhigend zugenickt hatte – der Patient würde es überstehen –, atmete sie erleichtert auf. Erst da bemerkte Stefanie, dass sie schweißgebadet war und Werner Kürten an ihrer Seite schmerzhaft vermisste.

FLUCHT
13 UHR 45

Turbo war gerannt, bis die Lunge nur noch pfeifen konnte und die Brust wie Feuer brannte. Doch alles war besser als der Schmerz, den die Explosion hervorgerufen hatte. Die Erschütterung von Benjamins Botschaft, dass Hakan tot war. Der letzte Verbündete. Die letzte menschliche Zuflucht. Niemand konnte Turbo so gut verstehen, wie es Armin und Hakan gekonnt hatten. In Momenten größter Not und Anspannung funktioniert der Körper automatisch. Wie ein Terminator mit Auftrag, wie eine Maschine war Turbo quer über den Friedhof gesprintet, über die Gräber auf die Straße, durch den Schnee, über Eis, rempelte Menschen in Kostümen an, brachte sie zu Fall, knallte mit Hunden zusammen und rammte wie ein American Footballer alles in Grund und Boden, was nicht rechtzeitig zur Seite springen, fahren, kriechen oder rennen konnte. Wer die Flucht behinderte, wurde niedergemacht.

Die Welt war zum Feind geworden. Sie war dunkel und unberechenbar. Mit zwei Sätzen hatte Ben Turbos Leben zerstört. Dieser spillerige Junge, der nichts dafür konnte – konnte er wirklich nichts dafür, dass die beiden tot waren?

DER TÜRKE IST TOT.
ER WURDE ERSTOCHEN.

Erwürgt und erstochen. Armin und Hakan. Nicht »Harkan«, wie der unbedarfte Junge gesagt hatte – war Ben wirklich so unbedarft? Oder hatte er sich für alles, was sie angetan hatten, an Armin und Hakan gerächt?

Aus der Dönerbude gegenüber dem Postgebäude kam ein Mann die drei Stufen herunter, der unbedingt den ersten Biss in sein Fleisch-Salat-Brot-Scheißding machen musste, anstatt auf die Straße zu gucken. Die reine Gier. Turbo rammte ihm das Ding im Laufen in den Hals.

Nie mehr mit diesen Zähnen, du Penner, dachte Turbo und schluchzte. Nie mehr Türkisch! Nie mehr Döner! Nie mehr Hakan! Der Mullah ist tot! Ermordet.

Und es war Turbos Schuld. Turbo hatte nicht rechts und nicht links gesehen. Nur Kohle, nur Freiheit. Die reine Gier. Wie der Typ ohne Vorderzähne, der nun schreiend in einem Matsch aus weißer Soße, Rotkohl, Gurkenstücken und Fleisch auf dem Bürgersteig lag und aus der Fresse blutete.

Hakan hat auch geblutet. Weil er durch ein Messer getötet worden ist, dachte er.

Aus dem Rennen wurde an der Kreuzung zur Fußgängerzone ein Laufen. Aus Turbo, der Maschine, die alles beiseite räumte, was sich ihr in den Weg stellte, wurde Turbo, das strauchelnde Etwas. Es war zu weit bis zum Käfig. Doch Turbo gehörte in diesen Käfig. Früher war es ein Ort der Ruhe gewesen. Eine Zuflucht. Für die großen Pläne. Für Rosenmontag. Den Wochenstart. Den Start in ein neues Leben. Doch der Weg schien viel zu weit.

Kein Sprit mehr. Es ist vorbei.

Als die Maschine nicht mehr funktionierte, als sie das Denken einholte, weil die Lunge zu menschlich war, wie der Rest des Körpers, zerbrach die Wut, die aus dem Schmerz entstanden war. Turbo kannte das. Nicht in diesem Ausmaß, doch die Umwandlung von Schmerz in Wut hatte die Maschine schon oft erfahren. Schmerz war ein Treibstoff, der aus ihr den Zwölfzylinder machte, dem Turbo den Namen verdankte. Die Kampfmaschine. Doch das war KÖRPERLICHER Schmerz gewesen. Arschlöcher wie ihr Bruder konnten Turbo den Arm verdrehen, mit dem Knie im Nacken die Nase in den Boden rammen, immer tiefer, bis es blutete, und verlangen, dass sie aufgab. Doch das hatte Turbo nur noch härter, noch wütender und noch gefährlicher gemacht. Es gab einen Ehrenkodex unter Karatekas. Doch für Turbo galt dieser Kodex nur in der Trainingshalle, nur unter Aufsicht des Sensei.

Auf der Straße und sogar in der eigenen Wohnung ist Kampf Mann gegen Mann angesagt. Wenn du dich als Mädchen aufspielst und dir Zöpfchen flechten möchtest – bitte schön. Fertig machen sie dich so oder so. Dein Blut sieht nicht anders aus, weil du schluchzt und heulst und schreist. Im Gegenteil, es wird SCHLIMMER, wenn du das Mädchen bist! SCHEISSEGAL, ob es stimmt oder nicht. Wenn sie WISSEN, dass du eins bist, dann kommen sie, um dich zu ficken! GENAU DAS tun sie mit dir!

Du kannst schreien, doch dann tun sie dir nur noch mehr weh. Weil es ihnen Spaß macht, wenn sie stärker sind. Weil sie keine Grenze kennen, wenn du sie ihnen nicht zeigst. Bis sie bluten. Und weil du kein Schwächling, kein Girlie, keine Heulsuse sein willst, rüstest du auf. Trainierst täglich drei, manchmal vier Stunden. Bis die anderen aus der Halle nur noch mit dem Kopf schütteln und dich für verrückt erklären. Du trainierst, bis beide Unterarmgelenke auf die Größe von Honigmelonen anschwellen. Bis deine nackten Füße vor lauter Hornhaut vom Trainieren nur so durch die Halle zischen. Du trainierst so lange und so hart, bis niemand mehr sagen kann, ob du ein Junge oder ein Mädchen bist. So lange, bis sie dich TURBO nennen und endlich in Ruhe lassen. Du wirst ein Zwölfzylinder auf zwei Beinen. Turbo wird dein Künstlername und du bist eine MASCHINE!

Das war die falsche Richtung! Wenn Turbo die Strecke bis zum Käfig wenigstens im hinkenden Laufschritt schaffen wollte, mussten alle zwölf Zylinder mindestens auf dieser Drehzahl der Wut laufen. Der Schmerz im rechten Bein war hilfreich, denn der Bodycheck mit dem Dönerfresser hatte die Maschine mehr gekostet, als Turbo bereit war zuzugeben. Der Zusammenstoß mit einer Kühlerhaube war auch nicht ohne gewesen. Irgendwo muss eine scharfe Kante den Ärmel des Parka aufgeschlitzt haben. Die dunkle Soße überall schien Blut zu sein.

Turbo sah Sterne und keuchte, musste stehen bleiben. Die Maschine bekam keine Luft mehr!

Keine LUFT mehr! Erwürgen! Wie krank muss so ein Mörder, wie KAPUTT muss jemand sein, oh Gott, ich darf nicht dran denken … Wie lang hat es gedauert? Was hat Armin gedacht, als er starb? Hat er an Hakan, hat er an mich gedacht? Hat er um Hilfe gerufen? Ich könnte jetzt kaum 'n Wort sagen. Und mir hat keiner 'n Seil um den Hals gelegt. Oder waren es Hände? Wessen Hände waren es? Und warum? War es der Junge, war es Ben? Oder war es …

Die Überwindung von Schmerz geht einher mit der Einheit von Geist und Körper. Himmel und Erde. Weich und hart. Yin und Yang!

Yang ist oben, warm, vorwärts, aufwärts, hell, fest, Yang ist hart. Ein Schritt vor den anderen, den Blick nicht AUF das Ziel, sondern ÜBER DAS ZIEL HINAUS gerichtet! Was die Technik des Karate im Kampfsport lehrte, wendete Turbo nun für die fast unüberwindliche Strecke bis zum Käfig an: Wenn man sich vorstellt, hundert Schritte tun zu müssen, sind die letzten dreißig Schritte schwer.

Wenn du hundertfünfzig Schritte gehen musst, beginnst du erst beim hundertzehnten Schritt, darüber nachzudenken. Denn du bist bereits dort, wo du hinwillst, sagt Buddha. Kapiert?

Turbo setzte einen Fuß vor den anderen, vergaß den Schmerz und wusste auf einmal wieder, was erstrebenswert war: Konzentration auf den Weg über den Käfig hinaus. Am Montagmorgen sollte es losgehen. Sehr früh. Das Ziel war Antwerpen. Dort, in der Hauptstadt des Diamantenhandels, würde Turbo die Steine zu Geld machen. Einen nach dem anderen, schön unauffällig. Von dort aus konzentrierte sich Turbo auf den Weg über die Etappe in Belgien hinaus – auf einen warmen, friedlichen Ort. Irgendwo im Süden. Die Maschine ausschalten. Und sein, was man sein wollte. Einfach einen Schritt vor den anderen machen. Immer weiter, bis das Ziel erreicht wurde. Das war Tao – der Weg – oder zumindest das, was Turbo daraus zu machen versuchte.

Ben hatte so etwas noch nie gesehen. Turbo war über die verschneiten Gräber GEFLOGEN!

Wie in einem Hongkong-Film, dachte Ben. Verwundert, dass zwei Beine derart schnell und geschickt einen Hindernisparcours aus Grabsteinen, gefrorener Erde und Sträuchern überwinden konnten.

Die ersten hundert Meter hatte Ben noch zu folgen versucht, dann war er schnaufend und hustend zurückgeblieben. Sport war nicht seine Sache. Allerdings war Ben klug genug, die auswendig gelernte Telefonnummer von Turbos Handy in den Schnee zu schreiben, bevor er sie wieder vergessen konnte – so würde er Turbo finden. Und das wollte er unbedingt, weil er Turbo wiedersehen musste. Etwas war merkwürdig gewesen, als Turbo ihn umarmt hatte. Es hatte Ben erregt.

NICHT IN SICHERHEIT
16 UHR 55

Turbo erreichte den Käfig kurz nach Einbruch der Dunkelheit. Doch durch die unzähligen Scheinwerfer entlang des Zauns wurde das riesige Gelände am Autobahnkreuz vierundzwanzig Stunden lang taghell erleuchtet.

Um leichter in den Käfig hinein- und wieder hinauszukommen, hatte Turbo mittags von der Baustelle des neuen Verkaufsgebäudes ein langes Holzbrett organisiert, es auf das Dach eines direkt am Zaun geparkten Wohnmobils gehievt und von dort aus über den Natodraht des Zauns bis zum Schallschutzwall der Autobahn kippen lassen. Der Zugang über diesen Steg befand sich auf der einsamen, mit Gestrüpp zugewachsenen Seite zwischen Autobahn und Verkaufsgelände.

Wie in Trance balancierte Turbo über das schmale Brett. Vom Ende des Bretts auf dem Natodraht war es nur ein kleiner Sprung auf das Dach des Wohnmobils. Kein Problem, wenn man bei der Sache war. Wenn man allerdings seine sonst so geschärften Sinne zur Verdrängung von Schmerz und Seelenqual ausgeschaltet hatte, konnte dieser Übergang sehr gefährlich werden.

Neu gefallener Schnee lag wie die Tarnung einer Falle auf dem überfrorenen Brett. Turbos erste Schritte vom Schallschutzwall auf das leicht schwingende Brett waren langsam, jedoch nicht vorsichtig genug. Die Kampfmaschine war mit den Gedanken woanders. Sie registrierte die spiegelglatte Trittfläche unter der feinen Schneedecke nicht, rutschte an dem leicht schräg stehenden Brett entlang wie über eine Schanze und prallte mit einem dumpfen Knall auf das Dach des verschneiten Wohnmobils.

Turbo fiel weich, schnaufte erschrocken und versuchte, Halt zu finden. Vergeblich, denn der Schwung reichte aus, um Turbo über das Dach schliddern zu lassen. Noch im Moment des Gleitens war sich Turbo der Gefahr bewusst geworden. Die Maschine war wieder angesprungen, keuchend zwar, jedoch schnell genug, um das restliche Adrenalin im Getriebe zu verteilen. Turbo drehte sich, rutschte über die Kante der Schlafkabine und erkannte, dass es eine harte Landung werden würde: Die Kühlerhaube des nächsten Wohnmobils stand Schnauze an Schnauze mit dem als Eingangsplattform benutzten Mobil, von dessen Alkoven Turbo gerade wie ein Skispringer flog. Mit einer schlechten Haltungsnote krachte Turbo auf die Haube des Wagens, meinte, jeden Wirbel einzeln knacken zu hören und landete schließlich mit dem Gesicht zuerst im Schnee. Turbo bekam keine Luft mehr.

In einem Anfall von Panik richtete sich Turbo an dem Kühler des gegnerischen Fiats mit der verbeulten Motorhaube auf und pumpte keuchend Luft in die schmerzenden Lungenflügel.

»Au«, krächzte Turbo und taumelte durch die Reihen der eng geparkten Wohnmobile, als das Handy klingelte. Außer Armin und Hakan kannte niemand die Nummer des gestohlenen Telefons. Turbo bekam eine Gänsehaut, als die Stimme forderte: »Gib mir die Steine, oder ich steche dich ab.«

»Dazu musst du mich erst mal finden, du Mörder«, antwortete Turbo und unterbrach mit zitternden Händen die Verbindung.

YIN

22 uhr 25

Der Kerl muss auf dem Gelände sein! Auf diesem Teil vom Autobahnkreuz gibt es keine andere Möglichkeit, wo man sich verstecken kann. Nicht das schlechteste Versteck, sich in einem der Wohnwagen und Wohnmobile einzunisten. Zumindest über das Wochenende, solange der Laden geschlossen ist. Wie bist du auf das Gelände gekommen? Der Zaun ist unüberwindbar … Aber ich weiß, dass du da drin bist. Und ich werde dich finden. Du bist sportlich, aber kein Hochspringer. Den Maschendraht hast du unmöglich kaputtbekommen, dazu ist er zu stabil. Vielleicht unter dem Zaun durch? Nee, der Boden ist gefroren, graben geht also auch nicht.

Im Gegenlicht der Halogenstrahler auf dem Zaun warf die Gestalt vor dem Haupteingang einen lang gezogenen Schatten in den Schnee und betrachte das Schild mit den Öffnungszeiten von »Caravan-Paradies Leverenz« nachdenklich.

Kennst du den Besitzer? Ist es das? Hast du vielleicht sogar den Schlüssel für diesen Laden? Glaube ich nicht. Deine Klamotten waren verschlissen und billig. Außer vielleicht das Handy, na gut, aber alles Wertvolle hast du geklaut. Der alte Leverenz würde nie erlauben, dass du auf seinem Gelände Camping spielst, weil du dich vor den Bullen und dem Rest der

Welt verstecken musst ... Wie bist du da reingekommen?

Die Gestalt sah sich auf beiden Seiten entlang des Zauns um und entschied sich für die rechte Seite, an der sich eine Baustelle mit dem Rohbau eines neuen Gebäudes befand.

Vielleicht ist der Zaun dort offen. Ich werde dich finden, Turbo! Ich kriege dich!

DIE SÄULEN DES ZEN
22 UHR 59

Nachdem sich Turbo mit letzter Kraft zum Wohnmobil geschleppt und in der hintersten Ecke verkrochen hatte, breitete sich die Trauer in Turbos geschundenem, ausgelaugten Körper aus wie ein schnell wirkendes Gift. In der Dunkelheit starrte Turbo zum Dach des Wohnmobils. Durch eine Luke aus Milchglas fiel das Halogenlicht der Platzbeleuchtung Turbo ließ den Tränen freien Lauf.

Noch nie hatte Turbo so ein intensives Gefühl seelischen Schmerzes erlitten. Noch nie ein so tiefes Gefühl von Schuld. Hakan und Armin waren tot, und Turbo war ganz allein. Das gewaltsame Ausrauben, Erniedrigen und Verletzen vieler Opfer hatte Turbo immer ein Gefühl von Macht und Überlegenheit gegeben. Gleichmut und Mitleid, die Säulen des Zen, waren Turbo während des Trainings vom Sensei vermittelt worden. Doch auf der Straße war Turbo jedes Mitgefühl für die Opfer fremd gewesen. Im Gegenteil, die Angst in den Augen der Opfer, die sich nicht zur Wehr setzen konnten, war wie ein Treibstoff gewesen.

Viele Gesichter rauschten an Turbos geistigem Auge vorbei. Nicht einmal vor Mädchen hatte die Gang Halt gemacht. Obwohl Turbo sexuelle Anzüglichkeiten und absolut jeden Übergriff der Freunde gegen weibliche Opfer verhindert hatte, waren die erschrockenen Gesichter der überfallenen und ausgeraubten Mädchen oft eine besondere Genugtuung für Turbo gewesen. Das Super Plus unter den Treibstoffen. Weder Hakan noch Armin hatten sich dieses merkwürdige Verhalten erklären können. Wieso Turbo Gefallen daran fand, besonders tussige Mädels und knallbunte Girlies zu zerrupfen, hatten die beiden nie verstanden. Doch den Jungs gefiel die grausame Art der »Maschine«, alberne Handtaschen auszuleeren und alles zu zertreten, was für die Gang nicht von Wert war. Turbo tat den Mädels nicht einmal weh, jagte ihnen nur dermaßen Angst ein, dass manches Mal sogar Urin an den Beinen der Mädchen mit den ängstlich aufgerissenen Augen hinuntergelaufen war. Während Armin, Hakan und Turbo sich totlachten und gegenseitig abklatschen, hatten die Opfer mit schamroten Gesichtern und nassen Schlüpfern die Flucht ergreifen dürfen. Aber erst, wenn die Gang mit dem Katz-und-Mausspiel fertig gewesen war.

Nun saß Turbo selbst schluchzend, aufgeweicht und zitternd wie eine dieser Tussis in der Ecke des Wohnmobils und begriff, was es hieß, ein Opfer zu sein. Zum ersten Mal seit sehr langer Zeit wurde Turbo klar, wie man sich fühlte, wenn es keinen Ausweg und kein Schlupfloch mehr gab, durch das man verschwinden konnte. Wie es sich anfühlte, ganz allein vor einem Feind zu stehen, der größer und stärker war als man selbst. Von dem man wusste, dass er unmöglich zu besiegen ist.

Turbo wurde auf einmal bewusst, am Ende einer langen Reihe zu stehen. Zuerst die Opfer, die sie ausgenommen hatten, dann Armin und Hakan, und nun war eben Turbo dran.

So einfach ist das, dachte Turbo. Eben war noch alles in Ordnung und auf einmal bist du dran. Wie lang hatten Armin und Turbo Zeit, als ihnen klar wurde, dass sie draufgehen werden? Eine Minute? Zehn Minuten? Oder 'ne halbe Stunde? Was ist ihnen durch den Kopf gegangen, als sie starben? Haben sie gewusst, dass ihr Tod meine Schuld ist? Dass alles meine Schuld ist? Haben Armin und Hakan mich mit ihrem letzten Atemzug verflucht?

Turbo schniefte, wischte sich den Rotz von der Nase und schloss die Augen. Den Schatten der Gestalt, die um eine Ecke des Wohnmobils schlich, bemerkte Turbo nicht. Das knirschende Geräusch der Stiefel im Schnee wurde vom endlosen Rauschen der Autobahn übertönt.

SONNTAG

PARKHOTEL

0 UHR 12

»Leider nein«, sagte Frau Weber und sah vom Bildschirm ihres Computers auf.

»Sehen Sie noch mal nach«, befahl der Besucher.

Die Rezeptionistin lächelte und starrte. Nicht, dass es auf dem Bildschirm etwas Neues zu sehen gab, doch Frau Weber war neu in diesem Job, ziemlich überfordert und seit einigen Minuten völlig verunsichert.

»Es ist Karneval«, gab sie zu bedenken.

»Ach, das ist mir noch gar nicht aufgefallen«, antwortete der Mann und fuhr aufgebracht fort: »Glauben Sie im Ernst, ich würde in Ihrem überteuerten Luxusschuppen auftauchen, wenn in den anderen Hotels etwas frei gewesen wäre?«

Die Rezeptionistin zuckte zusammen und glotzte wieder auf den Bildschirm, als gäbe es dort Unmengen wichtiger Informationen, die alle unbedingt genau studiert werden mussten. Sie wollte den hartnäckigen Mann mit den aufgerissenen Augen nicht zu lange ansehen. Das hätte ihn nur noch wütender gemacht, fürchtete sie. In seinem lächerlichen Outfit bestehend aus knallbuntem Jogginganzug mit der nur halb gefüllten Reisetasche sah er irgendwie verloren aus.

Als wäre er völlig überstürzt aus einem Sportcenter geflohen, dachte die Rezeptionistin und tippte auf ein paar Tasten herum, um Zeit zu gewinnen. Sie hatte sich seit Altweiberfastnacht Dinge ansehen und anhören müssen, die ihr überfordertes Nervenkostüm zu einem hauchdünnen Gespinst hatte werden lassen.

»Dahlke hat gesagt, er sei hier im Hotel«, sagte der Mann und trat ungeduldig von einem Fuß auf den anderen. »Ich habe ihn vorgestern getroffen. Er sei im Hotel und ich könne ihn besuchen, hat er gesagt.«

»Wie heißt ihr Freund denn mit Vornamen?«

»Keine Ahnung, Dahlke eben. Na los, rufen Sie ihn an!«

Sie gab den Namen »Dahlke« als Suchwort zum achten oder neunten Mal in die Gästeliste ein, vergeblich. Der Rezeptionistin wurde es immer unheimlicher. Ist der Mann vielleicht verrückt? Was ist in seiner Tasche? Eine Zahnbürste und eine Bombe?

»Darf ich Ihren Ausweis sehen?«, fragte sie. Der Mann blinzelte irritiert, dann fragte er ungehalten: »Warum soll ich mich ausweisen? Haben Sie doch ein Zimmer oder wie?«

Die Rezeptionistin beobachtete, wie der Mann mit in den Taschen seiner unmöglichen Jogging-Kombination kramte, und dann den Reißverschluss der Reisetasche aufzog. Leider konnte sie sich nicht unauffällig über den Tresen beugen, um einen Blick in die Tasche zu werfen. Sie hoffte nur, dass der Mann nicht ausrasten würde. Und zuckte sichtbar zusammen, als er sich ruckartig aufrichtete. Mit einer schwarzen Brieftasche aus Leder in der Hand.

»Wieso sind Sie so nervös?«, wollte der Mann wissen. Er schien kurz davor, die Beherrschung zu verlieren. Endlich ein Grund, Atze vom Sicherheitsdienst zu rufen. Die Rezeptionistin fingerte unauffällig unter dem Tresen herum und drückte den Knopf für den stillen Alarm.

Im Keller ertönte ein schnarrendes Warnsignal. In dem stickigen Aufenthaltsraum zwischen dem Getränkelager und der Wäscherei sah Atze vom Fernseher auf, seufzte und trank den schal gewordenen Rest seiner Bierdose aus. Es war die fünfte oder sechste Dose an diesem Abend. Genau wusste Atze es nicht mehr, weil er die leeren Dosen so schnell wie möglich im Nebenraum in der Pfandtonne verschwinden ließ. Bei dem Hungerlohn, den Atze für diesen öden Job bekam, hatte er nicht vor, für Getränke zu bezahlen, die er umsonst aus dem Lager nebenan abzweigen konnte. Der Alarm summte erneut.

»Ist ja gut. Ich komm ja schon, du blöde Kuh!«

Atze schlüpfte eilig in ausgelatschte Schuhe und gönnte sich eine Dosis Mundspray, die er mit zwei Fisherman's Friend garnierte, damit niemand seine Bierfahne riechen würde. Dann steckte er die vierzellige Maglite-Taschenlampe in seinen Gürtelring, prüfte die Ladung des Elektroschockers und stieg in aller Seeelenruhe die Treppe zum Foyer hinauf. Wenn es sich um einen Überfall handelte, waren die Täter mit der Kasse hoffentlich schon über alle Berge, bis er am Ort des Verbrechens eintreffen würde. Schließlich war er nur die Aushilfe der Sicherheitsfirma und kein echter Bulle.

Wenn Karnevalisten dieser hysterischen Weber nur eins übergezogen haben, hätte ich nichts dagegen, dachte Atze und spähte vorsichtig an den Garderoben vorbei in den Flur. Was er dort sah, ließ ihn grinsen.

Frau Weber drückte sich in die hinterste Ecke ihres Rezeptionstresens, während eine halbe Portion in einem Jogginganzug davorstand, dessen Farbkombination sogar für Atzes Geschmack untragbar hässlich war. Karneval eben. Der Mann schimpfte lauthals, allerdings nicht in dem aggressiven Ton, den Verbrecher anschlugen – damit kannte Atze sich aus –, sondern entrüstet. Er lamentierte mit kraftvoller Stimme, die Atze bekannt vorkam. Er räusperte sich leise im Durchgang bei der Garderobe, ließ seine Fingergelenke knacken und machte sich für den Auftritt bereit. Mit seiner kleinen Show als bedrohlicher Sicherheitsmann hatte Atze bereits seit Tagen verkleidete Idioten, die keine Gäste waren, besoffene Jugendliche, Nachtschwärmer, Bettler, Rosenverkäufer und anderes Kroppzeug aus dem Foyer in die Flucht getrieben. Seit Altweiber war der Unterschied zwischen willkommen und unwillkommen leider kaum noch erkennbar. Wenigstens wusste Atze seitdem, warum dieser Tag auch »schmutziger Donnerstag« genannt wurde. Ein winziger Gegenstand trennte während der fünften Jahreszeit den Störenfried, der zu entfernen war, vom Störenfried, der im Parkhotel willkommen war – ein Zimmerschlüssel.

Die Weber war bereits ein Wrack, ihr Nervenkostüm noch dünner als die verkniffene Oberlippe.

Atze wusste: Wenn sein Auftritt von ersten Augenblick an von Autorität zeugte, hatte er gewonnen. Bei der Weber und beim Gast. Handgreiflich musste er so gut wie nie werden. Obwohl er das manchmal ganz gern wurde, weil er Spaß daran hatte. Keine übertriebene Anwendung von Gewalt, nur ein verstohlener Tritt hier und ein gemeiner Haken dort. Schließlich wollte auch er während der tollen Tage auf seine Kosten kommen, wenn er schon aus dem Schlaf gerissen oder von seiner geliebten Glotze weggeholt wurde.

Atze marschierte in einem Stil durch das Foyer, den er für Schwarzeneggers unaufhaltsame Gangart in den drei Terminator-Filmen hielt. Dabei lag seine rechte Hand auf der Mag-Lite am Hosenbund, was die Drohung einer schnell zu ziehenden Waffe andeuten sollte.

»Was ist hier los?«, untermalte Atze seinen Auftritt mit extra tiefer und rauer Stimme. »Trainierst du für den Marathon, Opa? Hast dich wohl verlaufen, wie?«

Atze war noch nicht an der Rezeption angelangt, doch er hatte bereits das sichere Gefühl, gewonnen zu haben.

Der Mann im Jogginganzug hörte auf mit Frau Weber zu lamentieren und nahm Haltung an. Er straffte seinen Körper und wirbelte herum. Stahlblaue Augen durchbohrten Atze mit einer Kälte, die absolut nicht zu der albernen Kleidung passte, die der Mann trug. Atzes Grinsen gefror.

»Was fällt Ihnen ein?«, donnerte eine Stimme, die Atze sehr wohl kannte. »Stehen Sie gefälligst GERADE, wenn Sie mit mir reden, Mann!«

»Zu Befehl!«, antwortete Atze eingeschüchtert und salutierte völlig automatisch.

Frau Weber, die von dem harten Befehlston des Mannes noch mehr eingeschüchtert wurde als von seinen berechtigten Vorwürfen, zuckte zusammen. Er hatte ihr gedroht, sich bei der Geschäftsführung zu beschweren, und sie »vom Dienst freistellen zu lassen«, wie er sich ausdrückte. Frau Weber hatte jedes Wort geglaubt. Mit Tränen in den Augen musste sie mit ansehen, wie der unsympathische Sicherheitsmann vor diesem Eindringling kuschte, ja sogar militärisch salutierte. Wie ein Untergebener!

»Na, so was. Da sind Sie ja, Dahlke. Ich dachte, Sie sind hier Gast ... Stehen Sie bequem!«, befahl der Mann im Jogginganzug und schlug Atze freundschaftlich auf die Schulter. Atze wandte sich an Frau Weber. »Das ist Oberstleutnant Terjung. Er war mein Ausbilder bei der Bundeswehr!« Atze buckelte unter den Augen seines ehemaligen Vorgesetzten.

Wolfgang Terjung nickte Frau Weber knapp zu und schien für einen Augenblick wieder im Dienst zu sein: »Einfach Terjung, Wolfgang Terjung. Also ... wenn Sie nun erlauben, hätte ich gern ein Zimmer.«

»Wir haben aber doch nichts frei«, wimmerte Frau Weber.

»Sie wohnen doch drüben im Dichterviertel. Was ist denn passiert?«

»Ich bin zu Hause rausgeflo ... ich bin ausgezogen«, korrigierte sich Wolfgang Terjung. »Wir haben uns, äh ... vorübergehend getrennt, und nun brauche ich eine Übernachtungsmöglichkeit. Da ist mir eingefallen, dass Sie hier im Parkhotel sind.«

»Er kann die Vierzehn haben«, sagte Atze zur Rezeptionistin. »Dr. Sakis kommt erst morgen.«

»Äh ... woher wissen Sie das?«

»Er hat mich als Bodyguard engagiert«, antwortete Atze ungeduldig, langte selbst über den Tresen und nahm den Zimmerschlüssel vom Brett.

»Folgen Sie mir, Herr Oberstleutnant. Ich bringe Sie nach oben.«

»Nennen Sie mich einfach Terjung. Wir sind ja beide nicht mehr bei der Truppe.«

Atze grinste. Er freute sich, seinen alten Vorgesetzten wiederzusehen, und nahm dessen Tasche.

»Sie müssen sich noch eintragen, Herr Terjung«, verlangte Frau Weber.

»Ach was, nicht nötig. Der Oberstleu … äh, Herr Terjung und ich wollen jetzt einen trinken. Wir haben uns viel zu erzählen«, sagte Atze.

»In der Bar ist geschlossene Gesellschaft«, sagte Frau Weber. Ein letzter und gelungener Versuch, sich noch unbeliebter zu machen.

»Da fällt uns schon was ein. Kommen Sie«, wandte sich Atze an Wolfgang Terjung und ließ ihm den Vortritt ins Treppenhaus. »Klasse, dass Sie wirklich mal vorbeigekommen sind. Wir haben uns ja schon Jahre nicht mehr gesehen!«

Die Rezeptionistin sah den beiden nach. »Also, so was!« Mit einem beleidigten Achselzucken schaute Frau Weber im Computer unter der Zimmernummer nach – tatsächlich. Zimmer vierzehn war über die gesamten tollen Tage für Dr. Sakis Kerkyra reserviert.

Was Frau Weber nicht wusste: Dieser Name war falsch. Doch Atzes Chef war wirklich Grieche und ein bekennender Fan von Sakis. Er kannte sogar den Vater des singenden Superstars, denn der Grieche war, wie Sakis selbst, auf der Insel Kerkyra im Ionischen Meer geboren. Die man in Deutschland allerdings eher unter dem Namen Korfu kannte.

SCHICHTENDE
00 UHR 39

Gegenüber dem Parkhotel stand ein VW-Passat Streifenwagen auf der anderen Straßenseite in der Deckung eines Altglascontainers.

Werner Kürten rieb sich die Augen und sah seine Kollegin auf dem Beifahrersitz an, deren Kopf regelmäßig hochzuckte, wenn ihr Kinn auf die Brust zu sacken drohte.

»Sie können ja kaum noch aus den Augen gucken.«

»Du«, murmelte Stefanie Schäfer, »wir duzen uns, Werner.«

»Schluss für heute«, sagte Kürten lächelnd. Er fand es süß, dass die Kollegin schläfrig schmatzte und mit halb geschlossenen Augen nickte. Irgendwie sexy, dachte er.

Kürten versicherte sich über Funk, dass auf der Wache keine neuen Informationen über die beiden flüchtigen Jugendlichen eingegangen waren. Dann bat er um Ablösung bei der Überwachung des Parkhotels, in dem Wolfgang Terjung untergekommen war, und meldete sich und die Kollegin Schäfer vom Dienst ab.

Wenige Minuten später erschien bereits ein anderer Streifenwagen. Werner Kürten fuhr ab und die Kollegen übernahmen das angetaute Stück Asphalt gegenüber dem Hotel, auf dem Kürten gestanden hatte. Die Beamten der neuen Streife achteten nicht auf den Mercedes. Die schwarze A-Klasse bog neben dem Hotel in die Abfahrt zur Tiefgarage ein und wurde vom Erdboden verschluckt.

Werner Kürten brachte seine Kollegin auf dem kürzesten Weg nach Hause. Vor ihrer Haustür weckte er Stefanie und wartete, bis im Flur des Mehrfamilienhauses das Licht automatisch verloschen war und das Licht hinter einer Gardine der Wohnung im dritten Stock angeschaltet wurde. Er startete den Motor des Streifenwagens und dachte die ganze Fahrt zur Wache darüber nach, ob es in Ordnung war, sich zu wünschen, von der Kollegin in diese Wohnung eingeladen zu werden.

Noch bevor er den Parkplatz des Präsidiums erreicht hatte, entschied sich Werner Kürten dagegen. Es war nicht in Ordnung, sich zu verlieben. Besonders dann nicht, wenn es sich um eine über zehn Jahre jüngere Kollegin handelte. Um eine Untergebene. Auch wenn man sich gut verstand und seit kurzem duzte.

Kürten seufzte, parkte den Wagen und besorgte sich einen lauwarmen Kaffee aus dem Mannschaftsraum. Dann stieg er, trotz seiner Müdigkeit, in den Keller des Präsidiums hinunter, weil er etwas nachsehen wollte. Schlafen würde er sowieso nicht können. Nicht bei den vielen dienstlichen und privaten Fragen, die ihn bewegten.

IN DER FALLE
01 UHR 03

Das Rauschen der Autobahn war zu einem dauerhaften Bestandteil der Umgebung geworden, den Turbo nicht mehr wahrnahm. Ebenso wie die Dauerbeleuchtung auf dem Platz. Turbo war endlich in Schlaf gesunken. Von wilden Träumen heimgesucht, zuckten Arme und Beine immer wieder, die Stirn in Falten, unruhiges Wälzen, hin und her. Es war kein erholsamer Schlaf, sondern glich eher einer Ohnmacht. Doch sie war nicht tief genug, um das Kratzen an der Tür zu überhören.

Turbo schreckte hoch und stieß mit dem Knie hart an den Tisch neben der Liegefläche. Mit weit aufgerissenen Augen versicherte sich Turbo der verriegelten Tür, ohne jede Hoffnung, dass sie auch nur halbwegs einbruchsicher war. Wenn jemand den Platz als Versteck enttarnt und es über den Zaun geschafft hatte, war dieses Wohnmobil leichter zu knacken als eine Coladose. Es knirschte erneut an der Tür, und Turbo sprang mit einem Satz auf die Liegefläche im Alkoven über dem Fahrerhaus. Die Ausstellfenster aus Plexiglas waren zu klein. Turbos Körper würde dort nicht durchpassen.

Es knirschte erneut. Diesmal gefolgt von einem Knacken, etwas an der Tür schien gebrochen zu sein!

Vom Hochbett aus checkte Turbo die Möglichkeiten. Nicht viele, eigentlich gar keine. Fluchtgedanken wirbelten wie ein Sturm durch Turbos Kopf.

Die Türen im Fahrerhaus? Abgeschlossen. Kein Schlüssel. Frontscheibe eintreten? Fenster runterkurbeln? Dauert alles zu lange. Er ist gleich drin!

Es knackte und ein Spalt Licht drang durch die Gummidichtung der Tür.

Er kommt! Keine Panik! Er kommt! Keine Panik! Keine Paniiik! Er kommt!

Die Tür öffnete sich nach außen. Bevor der Eindringling den Wohnraum des Mobils betreten konnte, schoss Turbo vom Alkoven über den Tisch zum Ausgang und ergriff die Flucht nach vorn. Rammte den Typen samt der Tür aus dem Weg, stürzte in den Schnee und rollte ab. Spürte den Schmerz vom letzten Sturz, der noch nicht lange zurücklag, und zuckte zusammen. Kam auf die Füße und rannte –

»Warte!«

– im Zickzack durch die Gassen der eng geparkten Wohnwagen und Wohnmobile. Die Augen zusammengekniffen. Nach dem kurzen Moment Schlaf war das Halogenlicht blendend hell.

»Bleib stehen, du Arsch!«

Links, rechts, links. Wumm. Salto in den Schnee. Turbo hatte die Deichsel des Wohnwagens übersehen. Schon wieder auf der Fresse liegen. Doch diesmal nicht allein, sondern mit einem Verfolger auf den Fersen!

»Halt ... endlich ... an! Du bescheuerter ... Idiot!«

Auf die Beine kommen. Umfallen. Noch mal versuchen. Keine Chance.

Es geht nicht! Das blutet! Meine Schienbeine ... die sind gebrochen oder so!

Niemals aufgeben. Weiter versuchen. Aufstehen. Er kommt!

Ich kann ihn hören! Gleich ist es vorbei.

Er kommt. Nur ein paar Schritte noch –

Das war's. Ich werde sterben. Hier und jetzt. Ich wünsche meinen Bruder in die Hölle! Ich wünsche Mama alles Gute. Ich liebe dich, Mama, auch wenn das nicht ging mit uns beiden. Ich liebe dich! Hakan, es tut mir leid … Armin, du hättest mein Bruder sein sollen … Gleich ist es so weit. Sind wir dann wieder zusammen? Unschlagbar? Oder macht ihr mich fertig, weil ich euch betrogen habe?

Turbo wurde auf die Füße gerissen und bekam rechts und links eine Ohrfeige. Sie war klatschnass und zitterte, konnte kaum auf den Beinen stehen. Ihre Augen gewöhnten sich an das Licht, obwohl sie nicht sehen wollte, was sie nun erwartete.

»Du blutest.«

Ben! Es war der Junge, den sie gequält hatten. Turbo wunderte sich über Bens Mitgefühl. Wo hatte er das bloß her? Nach allem, was sie ihm angetan hatten. Turbo erinnerte sich daran, wie dieser Junge weinend und auf Socken vor Armin, Hakan und Turbo geflüchtet war. Wie die drei gelacht hatten. Tränen gelacht. Und sie erinnerte sich daran, wie der Anblick des fliehenden Jungen ohne Schuhe Turbos Herz einen Stich versetzt hatte. Zunächst nur ein kleines Loch, einen Riss, der mit der Zeit und der Erkenntnis immer größer geworden war:

Es ist egal, ob du ein Typ oder eine Tussi bist. Wenn sie dich fertig machen wollen, dann werden sie das tun. Denn sie haben kein Mitgefühl. Dein Bruder hat keins und du hast es ebenfalls nicht. Kein Mitleid. Dir fehlt eine Säule des Zen. Du bist nur eine Maschine, nur eine …

»Du bist ein … Mädchen!?«
Der Junge taumelte zurück. Das Mädchen weinte. Wie eine der Tussis. Vor Schmerz und Wut. Sie war verzweifelt, blutete aus zwei Wunden an den Schienbeinen und konnte nicht mehr stehen. Sie war ein Mädchen. Ein verwundetes Reh. Bambi. Sie hatte seit der Pubertät regelmäßig geblutet. Und es gehasst. Sie hatte dagegen gekämpft. Und gegen alles andere. Härter als die Jungs!
»Ein Mädchen!« Der Typ konnte es nicht fassen.
Das weiß niemand. Woran hast du es erkannt?, wollte Turbo von ihm wissen. Doch sie fragte nicht. Sie fühlte ihre nassen Sachen am Körper kleben. Unter dem aufgeweichten dünnen T-Shirt zeichneten sich Brustwarzen ab. Niemand hatte Turbo erkannt, ihre Tarnung war perfekt gewesen. Hakan hatte keinen Schimmer. Armin keine Ahnung. Und wenn jemand es verdient hätte, die Wahrheit zu erfahren, dann Armin.

Sie sitzt im Schnee und lässt los. Sie ist, was sie nie sein wollte. Weich, sanft und fließend. Sie löst sich. Sie taut alles auf. Ihre Hände können Grashalme unter dem verschneiten Boden fühlen, wie ein Versprechen. Für einen Moment gibt es keine Probleme. Der Schmerz perlt von ihr ab. Die Welt ist ein nasser, dampfender Augenblick, in dem Ben sie wie ein schützender Mantel umhüllt, sich an sie schmiegt. Ein Mensch, der riecht wie ein Zuhause und dessen Stimme klingt wie Musik, die sie noch nie gehört hat.

So geht der Maschine in Bens Arm endgültig der Sprit aus. Noch etwas Stottern, ein paar wütende Fehlzündungen. Funkenflug und ein letztes keuchendes Aufbäumen, bevor sich Turbos Widerstand in Bens Wärme auflöst.

Erst dann darf er das zitternde Geschöpf ohne Gegenwehr vorsichtig ins Warme bringen. Sie retten und beschützen.

Die, die ihn zuvor bedroht und erniedrigt hatte.

ERSTE HILFE
02 UHR 01

Es dauerte eine Weile, bis Ben die verbogene Tür des Wohnmobils wieder halbwegs dicht zuziehen konnte. Wäre Turbo nicht so erschöpft gewesen, hätte sie den Umzug in ein »frisches« Mobil vorgeschlagen. Doch ihre brennenden Schienbeine verweigerten jeden weiteren Schritt. Turbo ließ sich in die Sitzecke des alten Wagens fallen, wickelte sich in die Decke und sah Ben dabei zu, wie er sich mit erstaunlicher Sicherheit daran machte, einen Topf mit Schnee aufzusetzen. Dann kletterte er ins Fahrerhaus und kehrte kurz darauf mit einem Erste-Hilfe-Kasten zurück.

»Der war unter dem Beifahrersitz.«

»Woher kennst du dich so gut aus?«

»Wir haben mal Urlaub mit so einem Ding gemacht. Kannst du die Hose ausziehen?«

»Sonst noch was?«, fauchte Turbo und zog instinktiv die Beine an. Der Schmerz fuhr ihr bis in die Kopfhaut. Sie zog zischend die Luft ein, warf die Decke zur Seite und schälte sich vorsichtig aus der dreckigen Jeans mit den beiden roten Flecken in Schienbeinhöhe. Das linke Hosenbein war an der blutigen Stelle eingerissen. Die Wunde war verdreckt. Eine aufgeplatzte Quetschung, aus der langsam, aber stetig Blut sickerte.

Ben stellte die hölzerne Buddha-Statue achtlos in die Küchenzeile, um auf dem Tisch Platz für den Verbandkasten zu haben, den er aufklappte und durchsuchte. Turbos besorgten Blick auf den Buddha bemerkte er nicht. Ben fischte zwei Mullkompressen aus dem Kasten, packte eine aus und legte sie vorsichtig auf die Wunde.

»Draufdrücken. Nicht zu fest, nur, bis es nicht mehr blutet. Wenn das Wasser abgekocht ist, reinigen wir die Wunden. Dann bekommst du neue Kompressen, die ich mit Verbänden fixieren werde ...«

»Mit Verbänden fixieren«, äffte Turbo ihn nach, »hast wohl zu viel ›Emergency Room‹ gesehen, Doktor Clooney?«

Ben starrte Turbo böse an. Seine Lippen waren zu Strichen geworden. Er nahm seine Jacke von der Küchenzeile und stieß die Tür des Wohnmobils auf.

»Warte! Wo gehst du hin?«

Ben stapfte raus – und sofort wieder zurück. Er war viel zu wütend, um wortlos zu verschwinden. Fuchsteufelswild fuhr er Turbo an: »Ich hab mir nicht den Arsch aufgerissen, um dich zu finden, und bin schon mal gar nicht auf dem glitschigen Scheißbrett über den Zaun geklettert, UM MICH DAFÜR VON DIR VERARSCHEN ZU LASSEN!«

Turbo wartet einen Moment, bis das Wasser im Topf zu dampfen begann und Bens Überdruck ein wenig abgenommen hatte.

»Gut, dann hätten wir das geklärt«, sagte sie ernst und nickte. Zur Küchenzeile hin: »Das Wasser kocht.«

»Du bist echt ... unmöglich!« Ben stellte kopfschüttelnd das Gas aus. Hüpfte erneut aus dem Wohnmobil und kehrte mit einem Berg Schnee in den Händen zurück, den er in das kleine Spülbecken warf.

»Was wird das?«, wollte Turbo wissen und sah Ben

dabei zu, wie er den Topf mit dem abgekochten Wasser zum Abkühlen in den Schnee stellte.

»Woher kennst du dich mit diesem Survivalzeug so gut aus?«

»Mein Vater war Berufssoldat.«

»Und wieso kannst du Doktor spielen?«, fragte Turbo. Und wurde sofort rot, als sie begriff, was sie gerade gesagt hatte.

Doch Ben tat so, als hätte er die Doppeldeutigkeit überhaupt nicht verstanden.

»Meine Mutter ist Krankenschwester«, antwortete er, warf seine Jacke in eine Ecke und schlüpfte aus Pullover, Hemd und T-Shirt. Das blaue T-Shirt mit dem Superman-Zeichen auf der Brust hielt er Turbo hin. Turbo grinste beim Anblick des Superheldenhemdchens.

»Ich will nichts hören, halt die Klappe, klar?«, sagte er und drehte sich um, damit Turbo ihr nasses Shirt ausziehen konnte.

Was Ben nicht sah, war, wie Turbo für den Bruchteil einer Sekunde an Bens T-Shirt roch, die Augen schloss und dann noch einmal, bevor sie eilig hineinschlüpfte und fragte: »Wie hast du mich eigentlich gefunden?«

»Geht dich nix an.«

»Jetzt sei nicht so unfreundlich. Es tut mir echt leid, dass ich …«

Ben fuhr herum und unterbrach sie: »Ach ja? Was tut dir leid? Dass du mich überfallen und beklaut hast? Mit den Idioten die dann ermordet wurden? Dass du mich in zwei Mordfälle verwickelt hast?«

»Alles«, sagte Turbo. »Mir tut das alles leid.«

Turbo sah zu Boden. Sie schämte sich.

Ben sah aus dem Fenster. Es hatte wieder zu schneien begonnen. Turbo folgte Bens Blick und die beiden sahen schweigend zu, wie große Flocken unter der Festbeleuchtung auf das Gelände rieselten.

»Ich hab mir deine Nummer gemerkt, war in einem Internetcafé und habe dich über das Handy gefunden«, sagte Ben schließlich, ohne Turbo anzusehen.

»Echt? Wie geht das?«, wollte Turbo wissen.

»Es gibt 'ne Internetseite, die zeigt auf einer Landkarte ganz genau an, wo das Telefon ist, wenn man die Nummer eingibt. Gut für geklaute Handys schlecht für Diebe«, sagte Ben. Turbo schwieg einen Moment, dann fragte sie leise: »Und was machen wir jetzt?«

»Zuerst kümmern wir uns um deine Beine«, sagte Ben. »Dann erzählst du mir alles. Alles, was du weißt, okay?«

Turbo nickte.

»Aber vorher muss ich kurz zu Hause anrufen. Meine Eltern flippen sicher schon aus vor Sorge. Gib mir mal das Handy.«

Turbo zögerte.

»Ich werde nicht verraten, wo wir sind. Gib schon her.«

»Da vorn. Im Parka«, antwortete Turbo.

Ben fand das Handy und wählte eine Nummer.

SAUFKUMPAN UND WAFFENBRUDER

02 UHR 31

In der Reisetasche auf dem Bett begann es zu klingeln, als hätte Wolfgang Terjung ein altes Bakelit-Telefon im Gepäck. Wolfgang nuschelte eine Entschuldigung, sprang auf und arbeitete sich über Atzes ausgestreckte Beine und einige leere Dosen Bier bis zu seiner Tasche vor. Wolfgang fummelte sein Handy heraus, nahm den Anruf an und das altmodische Telefonklingeln verstummte.

»Endlich«, nuschelte Atze mit geschlossenen Augen und genoss die Ruhe. Er saß auf dem Boden, mit dem Rücken an den Kleiderschrank gelehnt. Atze und sein ehemaliger Ausbilder bei der Bundeswehr hatten über alte Zeiten geplaudert. Es hatte Atze leidgetan zu hören, dass Wolfgang – wie er seinen neuen Freund nennen durfte – aus dem Dienst ausgeschieden war. Dass sein ehemaliger Ausbilder zu Hause rausgeflogen war, interessierte Atze weniger. Der Grund war irgendein Abenteuer, das der Vater mit dem Jungen unternommen hatte, und das Mutti für viel zu gefährlich gehalten hatte.

Wie Weiber halt sind, dachte Atze und rülpste.

Mehr hatte Wolfgang von dem Ehekrach nicht erzählt. Offensichtlich schämte er sich für die Sache, also hatte Atze nicht weiter nachgefragt. Schließlich brachte man den ehemaligen Vorgesetzten, der einen immer anständig behandelt hatte, nicht in Verlegenheit. Und darin schien sich Wolfgang wirklich zu befinden.

Kurz bevor das Telefon geklingelt hatte, war Wolfgang gerade bei der Episode mit dem ersteigerten Bunker aus zweiter Hand gewesen. Atze musste sich zusammenreißen, der Frau des ehemaligen Oberstleutnants nicht zuzustimmen, und Wolfgang ebenfalls für verrückt zu erklären. Doch er wollte kein Kameradenschwein sein.

Wolfgang stand gestikulierend am Fenster und redete leise. Kurz darauf hatte der Gesprächspartner anscheinend die Verbindung unterbrochen.

»So ein Mist«, fluchte Wolfgang, warf sein Handy auf das Bett und kehrte neben Atze auf den Teppich zurück.

»Alles in Ordnung?«

»Ach, mein Sohn ... er hat einfach aufgelegt! Die Kids gehorchen nicht mehr, sobald sie laufen können«, entrüstete sich Wolfgang.

»Wem sagste das«, nickte Atze und dachte an seine jüngere Schwester.

»Jetzt hängt der Junge plötzlich mit einem Mädchen herum. Ich verstehe das nicht. Dabei hat die ihn vorher verprügelt und beraubt. Sie wird sogar von der Polizei gesucht. Wegen Mord.«

Atze zuckte zusammen, als hätte Wolfgang ihm einen Stromstoß verpasst. Das Wort »Polizei« hörte er nicht gern und »Mord« noch viel weniger. Wolfgang suchte unter den verstreuten Bierdosen auf dem Boden vergeblich eine, die noch nicht leer war.

Atze begann die Informationen zu verarbeiten, die

Wolfgang so nebenbei von sich gegeben hatte. Gleichzeitig ahnte er, dass er vorsichtig sein musste, um nicht Wolfgangs Argwohn zu erwecken.

»Dein Sohn hängt mit Mädchen rum? Um diese Zeit?«

»Fast sechzehn«, sagte Wolfgang entschuldigend und ging zur Minibar, die er und Atze allerdings bereits geleert hatten. Er klappte die Tür enttäuscht wieder zu. »Hast Recht. Is'n schlechter Umgang für meinen Jungen, die Kleine. Hat ihm im Sommer sogar das Rad geklaut. So'n schweineteures Mountainbike … Yellowstone … Mit volli … vollhydraulischer Scheibenbremse! Shimano Schaltwerk und allem Pipapo. Sag mal, gibt's hier noch was zu trinken?«

Atze zuckte erneut zusammen und dachte an ein umlackiertes, ehemals gelbes Mountainbike von Yellowstone mit hydraulischer Federgabel, das neben dem Getränkeraum in der Tiefgarage an eine Wasserleitung gekettet war. Das Rad hatte er Turbo selbst abgenommen!

»Ich geh schnell runter, Bier holen«, sagte Atze und stand auf.

Wolfgang rieb sich die Augen. »Vielleicht sollten wir für heute Schluss machen.«

»Neeneenee, nix da, Herr Oberstleutnant. Wissen Sie nicht mehr? Der Soldat schläft nicht. Er ruht, und auch das nur mit einem Auge«, feuerte Atze den müden Mann an.

Wolfgang Terjung lächelte über den alten Bundeswehrspruch und wurde sofort melancholisch. »Es war irgendwie auch 'ne schöne Zeit, oder?«

»Die beste! … Bin sofort wieder da«, rief Atze eine Spur zu laut und stürmte aus dem Hotelzimmer. Im

Flur überschlugen sich seine Gedanken: Turbo hat Wolfgangs Sohn das Bike gestohlen. Und der ist mit Turbo zusammen? Dann weiß Wolfgang also, wo Turbo ist … Endlich kriege ich die Ratte!

Atze ging durch das hintere Treppenhaus, um nicht an der Rezeption und Frau Weber vorbeizumüssen. Sie würde ihn heute sowieso nicht mehr stören, nach der Lachnummer mit Wolfgang.

Und selbst wenn, dachte Atze und grinste grimmig. Die können mich alle kreuzweise! Sobald ich weiß, wo Turbo ist, kralle ich mir die Steine und dann war's das. Abflug! Adios, muchachos!

STUNDE DER WAHRHEIT

02 UHR 44

»… Er ist der reine Horror und kriegt nichts auf die Reihe, absolut nichts«, sagte Turbo und schlürfte Hagebuttentee. Ihre Portion Zwiebelsuppe aus der Tüte hatte sie bereits gegessen. Ben löffelte noch. Es schien ihm nicht besonders zu schmecken.

»Ich hätte gern einen Bruder … oder 'ne Schwester«, sagte er.

»Kannst meinen haben. Aber besorg dir vorher einen Waffenschein«, winkte Turbo ab.

Ben lächelte und nahm das Handy vom Tisch. »Das machen wir besser aus«, sagte er und nahm den Akku aus dem Gerät.

»Wegen dieser Peilsache?«

»Genau«, antwortete Ben. »Wenn ich das kann, kann die Polizei es noch besser.« Er legte Handy und Akku nebeneinander auf den Tisch.

»Mich ruft eh niemand mehr an«, sagte Turbo und sah aus dem Fenster.

Es wurde für eine Weile still zwischen den beiden. Das Gelände war zu einer weich geschwungenen Landschaft angewachsen. Es sah nicht so aus, als sei das Schneetreiben bald vorbei.

Es gab niemanden mehr, der Turbo anrufen würde. Oder den sie anrufen wollte. Sie schlang die Arme um ihre Beine und wurde traurig. Der einzige Mensch, den sie mochte, kannte sie kaum. Es war Ben. Er sah sie fragend an.

Turbo fürchtete sich bereits eine Weile vor dem, was nun folgen würde. Sie wusste, dass es passieren musste. Weil es ohne nicht ging. Ben und sie saßen Fuß an Fuß unter einer Decke in der Sitzecke. Ben nahm einen Löffel Tütensuppe, verzog das Gesicht und stellte die Schale wieder weg. Sah Turbo an. Dann nahm er seine Tasse Hagebuttentee, pustete hinein und schlürfte – viel zu lange, viel zu laut – sah Turbo wieder an und wartete.

Ihre Füße berührten sich kaum, doch Turbo konnte die Spannung zwischen ihnen beiden spüren. Es war so weit. Doch wer würde den ersten Schritt tun? Wer den Anfang machen?

Ben sagte kein Wort, sondern starrte schweigend über den Rand seiner Tasse. Direkt in Turbos Augen.

Also gut, dachte Turbo, die Stunde der Wahrheit …

KAMERADENSCHWEIN
3 UHR 01

Atze eilte in das Getränkelager und öffnete die Tür zum Kühlraum. Das Brummen des Alarmsignals bemerkte er erst, als er mit einem Sixpack Dosenbier aus dem Kühlraum stolperte.

Was will die Weber denn schon wieder?, dachte er, verärgert über den Umweg in den Aufenthaltsraum, den er machen musste, um den Alarm abzustellen. Der Alten würde er was husten! Für diesen Quatsch hatte er jetzt keine Zeit. Atze musste schnell nach oben zurück, bevor Wolfgang für das nächste Bier und weitere Informationen zu müde wurde und schlappmachen konnte. Er war noch nicht ganz durch die Tür, da verstummte der Alarm und Atze spürte ein Messer am Hals. Die Klinge drückte ihm die Luft ab, ritzte sein Fleisch jedoch nicht. Obwohl Atze nur zu gut wusste, wie scharf die Klinge an seinem Hals war. Er ließ die Dosen fallen, eine platzte auf und verteilte ihren Inhalt als weißen Schaum zischend auf dem Boden. Atze hatte die Klinge erkannt, bevor er die heisere Stimme ihres Besitzers in seinem Rücken hörte: »Du machst immer alles falsch, Malaka! Wie kommt das? Bist du so dämlich? Oder machst du das vielleicht sogar absichtlich?«

»Nein, warten Sie … tun Sie das nicht«, krächzte Atze, »Ich kann alles erklären!«

»Zu spät, mein Freund. Wegen euch komme ich in Teufels Küche.«

»Ich kann die Steine besorgen, Petrakis.«

»Ach, wirklich? Dafür bist du nicht zu dämlich, wie?« Der Grieche klang fast amüsiert.

»Ich weiß, wo Turbo ist.«

»Was soll ich mit der Kleinen? Ihre beiden Freunde sind tot, die hatten keine Ahnung. Die Diamanten sind spurlos verschwunden.«

»Turbo hat sie! Ist doch logisch!«

»Ausgerechnet du weißt Bescheid, Malaka? Vielleicht weil du nicht sterben willst?«

Die Klinge ritzte ein wenig. Sie war so scharf, dass es nicht schmerzte, doch Atze spürte Blut vom Hals in den Ausschnitt seines Hemdes rinnen.

»Bist du sicher? Oder willst du Zeit schinden?«, hörte Atze die heisere Stimme hinter sich.

»Sie ist mit einem Jungen zusammen, den sie auch beklaut haben. Die beiden sind untergetaucht oder so.«

»Oder so?« Der Grieche stieß Atze von sich. Er landete in der Bierpfütze auf dem Boden. Der Grieche ging mit dem Messer auf Atze zu. »Ich will keine Gästeliste deiner Schwester, sondern die Steine! WO IST TURBO?«

»Der Vater von dem Jungen ist im Hotel … Der hat ihn gerade angerufen … Der Junge ist bei Turbo …«

Fakten und Daten sprudelten aus Atze heraus, er zählte auf, was er wusste, ohne Luft zu holen. Atze hoffte, dass es reichen würde. Das Fahrrad, der Junge, alles, was ihm in den Sinn kam. Alles für den Griechen. Alles, um in diesem nach Bier und Kippen stinkenden Raum nicht draufgehen zu müssen. Der Grieche hatte

Recht. Atze hatte einen Fehler gemacht. Nein, er hatte unzählige Fehler gemacht. Denn Atze machte immer alles falsch.

Doch der Grieche dachte nach und schien das Interesse an Rache verloren zu haben. Er klappte das Messer zu, ließ es in seinem Mantel verschwinden und zog Atze auf die Füße. »Endaxi, holen wir uns den Vater. Das ist deine letzte Chance.«

Er folgte dem nach Bier riechenden Idioten mit angeekeltem Blick durch die Kellerräume, während Atze seinen Dank als stummes Stoßgebet gen Himmel schickte.

Atze war bewusst, dass er soeben seinen Ausbilder ans Messer geliefert hatte. Dass er ein Verräter war. Ein Schwächling. Ein habgieriger, dummer –

YIN UND YANG

03 UHR 13

»… Idiot! Und leider ziemlich stark und gewalttätig. Deswegen muss ich weg«, sagte Turbo.

Ben rieb sich die vor Müdigkeit geröteten Augen und schüttelte den Kopf. »Das kapiere ich nicht. Dein Bruder schickt dich und die Jungs los, um einzubrechen. Aber ihr sollt nichts klauen, sondern die Leute nur terrorisieren? Damit er dort als Sicherheitstyp angestellt wird? Und dann klaut *er* den Leuten die Sachen, die er beschützen soll? Das ist doch Schwachsinn.«

»Ist es nicht«, widersprach Turbo.

»Doch«, sagte Ben. »Das ist totaler Quatsch.«

»Ach ja? Und wieso hat es dann letztes Jahr in sechzehn ungeklärten Fällen von Einbruch und Vandalismus funktioniert? Liest du keine Zeitung, oder was?«

Ben sah Turbo erstaunt an.

»Und das waren nur die Leute, die überhaupt Anzeige erstattet haben. Einige haben nämlich überhaupt nichts getan. Manche Hotels zum Beispiel ersetzen den Schaden ihrer Gäste lieber stillschweigend, anstatt ihn zu melden.«

»Warum?«

»Schlechte Presse ist schlecht fürs Geschäft«, sagte Turbo. »Beim Parkhotel war es superleicht. Alles, was wir brauchten, um die kirre zu machen, war 'ne

Sprühdose für ein paar schöne Bilder auf der feinen Ziegelmauer. Oder auf der Glastür zum Haupteingang. 'ne kleine Nadel im Schloss der Tiefgarage reicht aus, um den Laden für einen Tag verrückt zu machen.«

»Die haben doch Kameras und Monitore, oder nicht?«

»Armin hat seit September elf Überwachungskameras vom Parkhotel abgeschraubt. Er hat die Dinger im eBayshop zwei Straßen weiter versteigern lassen, das musst du dir mal vorstellen!«

Ben lachte auf.

Turbo kicherte und fuhr fort: »Das mit dem Hotel war total cool. Die haben sofort die Sicherheitsfirma beauftragt, um das Gelände und das Gebäude zu sichern, und schon war Atze drin.«

Sie schnippte ausgelassen mit den Fingern.

Ben mochte es, wenn Turbo fröhlich war. So hatte er Turbo noch nie gesehen.

Sie fuhr fort: »Das funktioniert aber auch in den Siedlungen. Du nimmst einen Ziegelstein, gehst durch den hinteren Garten und wirfst das Ding einfach durch die Panoramascheibe direkt in ein Wohnzimmer. Was meinst du, was dann los ist?«

»Die Hölle«, sagte Ben.

»Genau«, grinste Turbo. »Die Leute rufen die Bullen, natürlich finden die nie einen Täter. Die Staatsanwaltschaft schickt Wochen später den Wisch zur Einstellung des Verfahrens. Damit gehen die Leute zur Versicherung, die Versicherung zickt rum und zahlt nicht … Das Ganze dauert tierisch lange, kostet Kohle ohne Ende und macht nur Ärger. Und wenn die ganze Sache endlich ausgestanden ist, gehst du hin und wirfst den gleichen Leuten wieder einen Stein in die Bude. Was meinst du, was dann erst los ist? Für die ist das der reine Terror. Diese Nummer ziehst du drei, vier Mal durch und sie machen nachts vor lauter Angst kein Auge mehr zu. Gleichzeitig klaust du denen noch die Post, bedrohst sie mit irgendwelchem Stuss am Telefon. Du lässt ihre Katze verschwinden. Stress pur, eben. Die ganze Nachbarschaft wird …«

»Vor Angst völlig verrückt«, ergänzte Ben und nickte, weil er das Prinzip des Terrors verstanden hatte. Weil er diese Vorgänge aus seiner eigenen Straße kannte. Weil sein Vater eine Art Bunker im Garten vergraben wollte und weil die Terjungs bis vor einem halben Jahr eine Katze namens Findus gehabt hatten, die spurlos verschwunden war. Ben hatte Findus geliebt.

»Was habt ihr mit den Katzen gemacht?«

»Das willst du nicht wissen«, antwortete Turbo.

»Doch«, rief Ben und sprang auf.

»Was denn? Wir haben nix Schlimmes getan«, verteidigte sich Turbo.

»Katzen quälen. Reifen zerstechen. Schüler abzocken«, schimpfte Ben und zerrte eine Dose Bier aus dem Kühlschrank, weil sonst nichts anderes da war.

Das Bier war für Armin, dachte Turbo und musste plötzlich mit den Tränen kämpfen. »Wir waren nur die Vorhut. So hat Atze das genannt.«

»Eine Bande Verbrecher, das seid ihr«, sagte Ben. Er trank einen Schluck, stellte die Dose auf den Tisch und griff nach dem Handy.

»Was hast du vor?«, fragte Turbo und schnappte sich den Akku des Handys blitzschnell vom Tisch.

»Die Bullen rufen. Gib her«, verlangte Ben.

»Hol's dir, wenn du kannst«, antwortete Turbo und sprang aus der Sitzecke.

Die beiden standen sich gegenüber. Es war eng im Wohnmobil, doch Turbo brauchte nicht viel Platz, um Ben zu besiegen. Er wollte zugreifen. Sie blockte ab. Er wollte ausholen und zuschlagen. Sie brachte ihn bereits aus dem Gleichgewicht, während er ausholte. Er fiel in den Gang. Sie konnte nicht verhindern, dass er sich an ihr festhielt. Sie fiel mit, hockte rittlings auf ihm. Sie küsste ihn auf den Mund. Er wunderte sich. Sie wunderte sich. Für weniger als eine Sekunde schmeckte es beiden. Gut.

Der Kuss war Turbo passiert, ohne dass sie nachgedacht hatte. Ein intuitiver Kuss. So automatisch, wie ihr Kampfstil intuitiv war, den Turbo gelernt und perfektioniert hatte. Sie hockte auf Ben und wollte etwas sagen. Aber was?

Ben machte den ersten Schritt. Er holte mit dem Handy aus und rammte es auf Turbos verletztes Schienbein. Turbo schrie auf und Ben konnte ihr den Akku des Handys fast mühelos entwenden, sie abwerfen und mit Akku und Handy aus dem Wohnmobil stolpern.

Er will die Bullen rufen. Das Schlimmste verhindern. Ben wollte nach Hause. Er wollte keine Angst mehr haben. Den Dreiklang nicht mehr fürchten. Den Verlust oder Tod der Katze aufklären lassen. Vielleicht sogar sein Mountainbike zurückbekommen. Er wollte die Straßen sicherer machen. Für sich und seinen Schulweg. Für alle! Es gab nur ein Problem:

Ben war verliebt.

Ben stapft zwischen Wohnmobilen, die weiß und rundlich glänzen, durch knietiefen Neuschnee, der seine Beine wie Pulver umfloss. Ganz weich. Den Schall wurde verschluckt und viel zu spät, im Februar, entstand ein heimeliges Gefühl, wie Weihnachten. Ben war zu wütend, um es genießen. Und zu verliebt.

Zu verliebt für was? Um die Polizei zu rufen.

Zu verliebt in wen? In Turbo. Das Mädchen, das ein Junge sein wollte. Die Kampftussi. Die Ben geküsst hat. Nachdem sie ihn beklaut und geschlagen hatte. Das war verdammt ... kompliziert!

Turbo rief, so laut sie konnte: »Wo bist du? Ben!?«

Ben sah um eine Ecke und da stand sie – in der offenen Tür des Wohnmobils. Bens blaues Superman-T-Shirt flatterte um ihren dünnen Körper. Nackte Füße, deren Zehen Ben eben noch unter der Decke berührt hatte, tapsten frierend an der Kante des Ausgangs herum.

»Ben? Komm zurück. Bitte!«

Das war nicht die böse Stimme, die Ben verfolgt hatte. Sie klang nur ängstlich. Turbo war nicht mehr das Böse, denn Ben hatte ES enttarnt. Entzaubert. Zu einer Sie gemacht.

Für die große Liebe hatte Ben sich eigentlich immer die klassische Situation mit zwei aufeinander zulaufenden Menschen an einem Strand vorgestellt. Wenn, dann richtig. Schön kitschig und in Zeitlupe.

Das verschneite Schlumpfhausen, durch das ein blaues Super-Mädchen rannte, war diese Szene – nur eben im Winter.

Turbo lief barfuß auf Ben zu, breitete die Arme aus und fiel ihm um den Hals. Sie hielten sich ganz fest. Keiner von beiden sagte etwas. Nur festhalten. Zusammen im Schnee.

Dann klingelte das Handy und die Zeitlupe war vorbei.

»Ja?«
»Wir haben Wolfgang Terjung in unserer Gewalt. Sollten die Diamanten nicht nach unseren Anweisungen übergeben werden, wird der Mann sterben. Ruft ihr die Polizei, wird er sterben. Folgt ihr unseren Anweisungen nicht, wird er sterben. Bleibt auf Empfang, sonst wird Wolfgang Terjung sterben.«

SHE'S THE ONE

03 UHR 54

Der Taxifahrer, ein mürrischer Dreitagebart mit Zopf und verschlafenen Schlitzaugen, wollte Strecke fahren und Kohle machen. Auf der Rückbank war es Turbo und Ben egal, dass er den Weg zur Polizeiwache in eine Sightseeing-Tour durch die halbe Stadt verwandelte. Er dachte, die beiden verfrorenen Kids vom Autobahnkreuz seien fremd in der Stadt, und hatte sich zuerst die zerknitterten Euroscheine aus Bens Hosentasche zeigen lassen, bevor er sie in seinen Wagen einsteigen ließ und sie auf der Rückbank Platz nahmen.

Die Besonderheit des Moments, als Robbie Williams im Autoradio leise zu singen begann, ging dem Fahrer völlig ab. Ben bat darum, die Musik lauter hören zu dürfen. Kein Problem für den Fahrer, dann musste er nicht quatschen und würde die Fahrgäste nicht quatschen hören. Er drehte das Radio auf und fuhr seine Riesenrunde um das Polizeipräsidium herum durch die Stadt.

»I was her … she was me«, sang Robbie.

Yeah! Ben nahm Turbos Hand und roch daran. Er war verknallt. Gleichzeitig zitterte er. Nicht nur vor Kälte. Vor dem, was kommen würde.

»We were one … we were free …«

»We were one«, klang gut, »we were free« würde

nicht mehr lange stimmen. Sie waren auf dem Weg zur Polizei.

»And if there's somebody calling me on she's the one ... if there's somebody calling me on ...«

Die Fahrbahn der Hauptstraße bestand aus zwei schwarzen Streifen. Sonst war alles weiße, unberührte Landschaft, so weit das Auge blickte. Zumindest bis morgen früh.

Turbo starrte an die Kante, wo das Weiß von der Dunkelheit verschluckt wurde. Ihr kamen die Tränen. Sie hatte Angst. Sie wollte nicht mehr lügen. Nie mehr! Doch sie hatte noch einmal lügen müssen. Sonst wäre alles umsonst gewesen.

Das letzte Mal, lieber Gott, ehrlich, es ist das letzte Mal, betete sie still vor sich hin und drückte Bens Hand. Ganz fest.

Ben hielt den Druck von Turbos verschwitzter Hand für den stummen Versuch, ihn zu trösten. Sein Herz machte einen Sprung nach dem anderen, seit Turbo ihn geküsst hatte. Das Gefühl für dieses Mädchen hatte einen kleinen, jedoch nicht unbedeutenden Teil seines Hirns lahmgelegt. Es war, als würde er sie seit langer Zeit kennen. Was auch stimmte, nur dass Turbo ihn vorher verfolgt und verprügelt hatte. Nun hatte Ben Hoffnung auf das Ende der Angst. Hoffnung auf eine Verbindung mit dem ehemaligen Feind. Doch noch war es nicht so weit.

Er starrte aus dem Fenster in die Nacht, es dauerte nicht besonders lang, und die Sorge um seinen Vater lag wieder wie ein Schmerz auf seiner Brust. Ben drückte Turbos Hand, und Robbie schmetterte: »When you get to where you wanna go and you know the things you wanna know. You're smiling ...«

Ben lächelte nicht. Jemand hatte angerufen und den wunderbaren Moment zerstört. Sie hatten Bens Vater entführt. Wollten Diamanten, im Tausch gegen Wolfgang Terjung.

Ben hatte vorgeschlagen, sofort zur Polizei zu gehen.

»Ja, aber die haben doch gesagt, sie töten deinen Vater, wenn wir die Polizei rufen!«

»Alles andere wäre noch riskanter«, hatte Ben geantwortet. Das Unbehagen, das ihn bei dem Gedanken an Kommissar Breidenbach beschlich, versuchte er zu verdrängen. »Da wir ihnen nichts geben können, um meinen Vater auszuliefern, sind wir eben auf die Hilfe der Bullen angewiesen. Die müssen uns helfen! Und außerdem kapieren die dann endlich, dass wir nichts mit dem Tod von Armin und Hakan zu tun haben.«

Ben hatte das Handy genommen und ein Taxi gerufen.

Turbo hatte ihn nicht daran gehindert. Sie hätte Ben die Wahrheit sagen können. Doch Turbo tat nichts dergleichen. Es ging alles viel zu schnell. Turbo hatte sich angezogen, den Rucksack geschnappt und war mit Ben auf der verschneiten Holzbohle über den Zaun geklettert, um an der Hauptstraße auf das Taxi zu warten. Die Bohle hatten sie gemeinsam über den Schallschutzwall getragen und in den Graben an der Autobahn geworfen. Der Schnee würde innerhalb der nächsten Stunden den Rest erledigen und alle Spuren verdecken. Sie hatten das Wohnmobil fast so verlassen, wie Turbo ihn vorgefunden hatte. Nur der Schaden an der Tür war nicht zu übersehen.

Es wird wohl kaum jemand ausgerechnet diese Kiste nächste Woche kaufen, dachte Turbo. *Als ginge* es immer noch darum, nur lange genug unauffällig zu bleiben, bis sie verschwinden konnte. Dann fiel ihr etwas ein.

»Mist«, sagte Turbo mit Blick auf das Gelände.
»Was ist?«
»Ich hab meinen Buddha vergessen.«
»Kein Weg zurück«, sagte Ben.
»Nein«, antwortete Turbo und schluckte trocken. »Kein Weg zurück«

ÜBERSTUNDEN

04 UHR 20

Kürten hatte die Nase voll. Im wahrsten Sinn des Wortes. Er hatte sich durch unzählige Seiten verstaubter Akten im Keller des Präsidiums gewühlt. So lange, bis seine Augen tränten und seine Schleimhäute von dem Staub völlig ausgetrocknet und wie betäubt waren. Ob er wirklich etwas gefunden hatte, konnte er nicht mehr beurteilen. Zunächst hatte er über Stunden Akten gesammelt, in denen Breidenbach ermittelt hatte. Das war Arbeit genug gewesen. Er hatte gelesen, bis seine Augen tränten und die Buchstaben auf dem Papier verschwammen. Kürten hatte alles zusammengetragen, jedoch keine konkreten Beweise gefunden, die er verwenden konnte. Viele von Breidenbachs Fällen waren nie gelöst worden, doch eine schlechte Aufklärungsquote machte den Kriminalhauptkommissar nur zu einem nachlässigen Ermittler, jedoch nicht zu der Art von Bulle, für den Kürten ihn hielt. Er seufzte, sah auf die Uhr und bemerkte, dass sie stehengeblieben war. Es musste bereits nach vier sein. Kürten hatte unglaublichen Durst auf ein Bier. Oder zwei, schließlich feierte und trank die ganze Stadt seit Tagen.

Vielleicht lade ich Stefanie auf ein Bier ein. Auf den Rosenmontagszug vielleicht, das wäre schön, dachte Kürten, während er mit einem Pappkarton voller Akten die Treppe aus dem Keller hinaufstieg. Er vermisste Stefanie. Es war unprofessionell und alles andere als angemessen, doch der Polizeiobermeister vermisste seine Kollegin bereits wenige Stunden nach Schichtende. Weil er sich verliebt hatte. Werner Kürten stellte sich vor, dass Stefanie schlief. Friedlich. In Bettwäsche, die frisch roch. Nach Weichspüler. Er fragte sich, wie Stefanie schlief. Nackt?

Nein, nicht im Februar, dachte Kürten, während er den Flur zum Erdgeschoss erreichte. Er rügte sich für seine Gedanken an Stefanie in T-Shirt und Slip.

Rosa? Oder weiß? … Hör auf!

Durch die Glastür sah er ein Pärchen. Ihr Atem stieg als gemeinsame Qualmwolke in den Himmel auf. Sie hatten geklingelt und warteten auf den Beamten, der sie per Türdrücker einlassen würde.

Das Mädchen hatte ihre Kapuze tief ins Gesicht gezogen. Ein Parka. Kürten wusste aus seiner Bundeswehrzeit, wie warm die Dinger waren. Für ihn war das Mädchen kaum als solches zu erkennen, nur die Augen, ihr zärtlicher Gesichtsausdruck und die Hand in der Hand des Jungen wiesen sie als Frau aus. Der Junge lächelte sie zuversichtlich an, während sie vor der Glastür ihren Parka öffnete. Kürtens Puls beschleunigte sich. Dieser schwarz-weiße Kreis mit den Punkten …

»Das Thai-Chi-Zeichen …«, murmelte Kürten als er sich an das Tonbandprotokoll von Breidenbach erinnerte, das er fast mitsprechen konnte. Er stellte seinen Karton mit Akten neben dem Geländer der Kellertreppe ab, ohne den Blick von der Glastür zu wenden.

»Das ist … der Täter! Zusammen mit dem Opfer, Benjamin Terjung. Macht endlich die Tür auf!«, rief

Kürten den Kollegen im Wachraum zu und vergaß seine Akten.

Es summte, der Junge und das Mädchen traten ein. Sie wunderten sich über den Polizisten mit den müden, geröteten Augen, der sie aufgeregt begrüßte.

VERRATEN UND VERKAUFT

04 UHR 34

»Der bringt uns alles durcheinander. Wir können keine Änderung im Plan gebrauchen!«, sagte der Grieche und stapfte im Hotelzimmer auf und ab. Über Lautstärke musste er sich keine Sorgen machen. Von der Straße und aus den Fluren des Parkhotels waren die Stimmen der Feiernden zu hören.

»Was sollen wir denn mit dem Typen machen? Unsere ganze Aktion ist in Gefahr. Er *muss* verschwinden!«

Atze saß auf dem Teppich, mit dem Rücken am Bett, und blinzelte. Die Anstrengung und Aufregung der letzten Stunden, vor allem das viele Bier und die Schnäpse aus der Minibar zeigten Wirkung. »Tauschen«, sagte Atze und rülpste. »Dann isser doch weg…«

Wolfgang, der auf dem Bett lag, bekam es mit der Angst zu tun. Er war mit anderthalb Rollen Paketband zu einem Kokon verschnürt worden. Unfähig, sich zu rühren oder einen Beitrag zur Diskussion um seine Person zu leisten, wünschte er sich in seinen bei eBay ersteigerten Sicherheitsraum. Aber der wird erst nach Karneval geliefert, dachte Wolfgang, während der Grieche ein Messer zückte. Das werde ich nicht mehr erleben. Ciao, Rosa. Es tut mir so leid, Ben!

Während Wolfgang sich von der Welt verabschiedete, zerrte der Grieche seinen betrunkenen Mitarbeiter auf die Füße und scheuchte ihn unter die Dusche. Unter Androhung körperlicher Gewalt überwachte der Chef persönlich die Intervalle eiskalten und siedend heißen Wassers. So lange, bis Atze rot wie ein gekochter Hummer unter der Dusche stand. Weitere Lösungsvorschläge wurden noch aus der Duschkabine röchelnd vorgetragen.

Bereits wenige Minuten später hatte Petrakis ein Lächeln auf den Lippen und reichte Atze ein Handtuch. »Endaxi. So machen wir es.«

Wolfgang hatte sich das zur Karnevalszeit beliebteste Hotel der Stadt ausgesucht. Im Parkhotel logierte die High Society auswärtiger Besucher, um die fünfte Jahreszeit in vollen Zügen zu genießen. Dabei war »voll« ab Donnerstag das Stichwort. Seit Altweiber ging es auf den Straßen und in den Kneipen der Stadt drunter und drüber, besonders im Parkhotel. Die Diskothek im Keller des Hauses war in gehobenen Kreisen für ihre rauschende Dauerparty während der tollen Tage berühmt, und das Parkhotel in der fünften Jahreszeit jedes Mal bis unter den Dachfirst ausgebucht. Bei den stolzen Preisen für das Karneval-Rundum-Besoffen-Paket lohnte es sich für die Geschäftsleitung sogar, einmal jährlich komplett zu renovieren – was nach Aschermittwoch auch bitter nötig wurde.

Zimmer Nummer vierzehn war bereits ein Jahr zuvor von dem Griechen gebucht worden. Allerdings hatte er unter dem falschen Namen Dr. Sakis Kerkyra nicht reserviert, um mit den betuchten Gästen Karneval zu feiern. Und ganz sicher hatte er das Zimmer nicht für den Idioten in Fallschirmseide und Paketband gemietet, der regungslos auf dem Bett lag. Doch er war froh, eine Geisel für den Tausch gegen Diamanten im Wert von fast einer halben Million Euro zu haben. Dass ihm die in Aussicht gestellte Beute von einem anderen Dieb gestohlen würde, damit hatte der Chef der Firma »Petrakis Security« nicht gerechnet. Aristoteles war ein Dieb und Ehrenmann. Für den Griechen gab es Regeln, selbst unter Gaunern. Wenn du zur Firma gehörst, beklaust du die Firma nicht. Sonst beklaust du die eigene Familie.

Atzes Schwester und ihre Bande, diese kleinen Missgeburten, hatten Petrakis bestohlen und damit beleidigt. Er kannte das Mädchen und nahm ihr Verhalten sehr persönlich. Atze hatte Turbos Gang für Attacken auf besonders ausgewählte Zielobjekte gebucht. Sie und die Jungs waren gut darin gewesen, auf Bestellung Unsicherheit und Angst in den Vierteln zu verbreiten. In all jenen Objekten, wo die Petrakis Security tätig werden wollte.

Atzes Taktik, die von ihm dressierte Schwester und ihre Freunde auf Objekte von Petrakis' Begierde loszulassen, war ein voller Erfolg gewesen. Seine Idee mit dem Parkhotel passte ausgezeichnet in das inoffizielle Firmenprofil von Petrakis und war ebenso einfach wie genial: Über Karneval würde Petrakis Security das Parkhotel bewachen, weil Turbo und die Gang den Laden zuvor nach allen Regeln der Kunst terrorisiert hatten. Sie würden den ganzen Laden auf einen Schlag ausnehmen. Die Zimmer der Karnevalisten filzen und schröpfen, alles rausholen, den ganzen Laden auskratzen bis auf den letzten Cent. Und zwar in der Nacht von Sonntag auf Rosenmontag, wenn alle Narren ausgeflogen waren, um zu feiern. Sämtliche Bullen würden mit den Narren beschäftigt sein. Das Personal hatte alle Hände voll zu tun. Und achtzig Prozent der Bevölkerung würde singend und angetrunken in den Seilen hängen. Die bedröhnten Karnevalisten hätten nichts anderes im Kopf, als den Karnevalszug, hatte Atze dem Griechen erklärt: »Die meisten erstatten sowieso keine Anzeige, weil sie sich gar nicht mehr daran erinnern können, wo sie was verloren haben. Und wenn doch, erledigt das unser Mann bei der Polizei.«

Es war so einfach. Es war perfekt!

Wären da nicht die Diamanten gewesen, die Turbo gestohlen hatte. Diese Sache schien verfahren, doch das Problem war auf einmal wieder lösbar. Der Vorteil lag wieder auf Seiten des Griechen. Atze hatte das Zauberwort für sein Problem: Rosenmontagszug.

Der Grieche ließ sein Messer aufspringen und stellte Wolfgang Terjung auf die Füße. Der war sich sicher, dass seine letzte Stunde geschlagen hatte. Er sah mit vor Angst geweiteten Augen, wie der Grieche sich bückte und mit einem geschickten Schnitt den Kokon aus Paketband auftrennte.

»Ein Mucks und du …«

Der Grieche musste es nicht aussprechen. Wolfgang nickte und Petrakis löste die Verklebung von Wolfgangs Mund mit einem Ruck. Dann befahl er Atze: »Schaffen wir ihn hier raus. Sieh im Flur nach, ob die Luft rein ist.«

Bevor die drei das Zimmer verließen, wandte Atze sich an Wolfgang: »Tut mir leid, Oberstleutnant, aber dieser Mann ist jetzt mein Chef.«

EIN NEUER PLAN
04 UHR 55

UM 12.00 AM R-ZUG
WIR MELDEN UNS 11.50
FÜR ÜBERGABEORT

lautete die Botschaft auf dem Handy. Turbo legte es auf den Tisch. »Er will Bens Vater am Rosenmontagszug austauschen.«

»Da springen eine Milliarde Menschen rum. Wie wollen Sie den Täter kriegen?«, fragte Ben.

»Deshalb ja der Zug«, sagte Kürten. »Aber vielleicht können wir den Absender der Botschaft vorher ausfindig machen.«

Ben sah auf das Display des Handys, um festzustellen:

»Die sind clever, das wurde nicht von einem Handy sondern aus dem Internet gesendet. Wahrscheinlich ist der Entführer in einem Internetcafé gewesen. Mein Vater ist bestimmt woanders.«

»Es scheint so, als müssten wir uns auf die Übergabe einlassen«, meinte Kürten.

»Ohne die Diamanten?«, rief Ben. »Wogegen wollen Sie meinen Vater denn eintauschen? Kamellen, oder was?«

Ben war aufgesprungen und konnte nur mühsam von Kürten beruhigt werden.

Keiner von beiden bekam in der Aufregung mit, dass Turbo zu Boden sah und dunkelrot wurde. Weil sie sich schämte. Für ihre Habgier und dafür, dass sie Ben belogen hatte, obwohl sein Vater in Lebensgefahr schwebte. Es war völlig unmöglich, aus Habgier den Tod eines Menschen zu verschulden. Ganz besonders, wenn es sich um den Vater eines neuen Freundes handelte. So viel verstand Turbo von Yin und Yang. Sie verschwendete keinen Gedanken mehr an ihren Traum. Jede weitere Sekunde hätte die Sache nur noch schlimmer gemacht. Sie griff in die Bauchtasche des Hoodies mit dem Tai-Chi-Zeichen. »Er kriegt seine Steine.«

Ben und Kürten starrten das Ledersäckchen auf der Tischplatte an. Unscheinbar wie ein Tabakbeutel. Kürten zog den Lederriemen auf. Glitzernde Diamanten unterschiedlicher Größe rollten über den Tisch.

»Du liebe Güte«, sagte Kürten beeindruckt.

»Wie viel sind die wert?«, fragte Ben.

»Ich kann nur schätzen, aber eine halbe Million werden die schon gekostet haben«, antwortete Kürten.

»Euro?« Turbo schluckte, als der Polizist nickte und die Diamanten zusammenschob.

»Du hattest sie die ganze Zeit?«, fragte Ben.

Turbo nickte und flüsterte: »Es war ein Fehler!«

»Ein Fehler?«, rief Ben. »Das ist alles?«

Turbo wusste keine Antwort und schwieg.

»Eins verstehe ich nicht«, sagte Kürten. »Wenn Armin und Hakan wegen dieser Steine umgebracht wurden, wieso haben sie dich nicht verraten?«

»Weil sie es nicht wussten«, flüsterte Turbo. »Hakan und Armin hatten keine Ahnung, dass ich sie habe.«

Ben und der Polizist sahen sich verblüfft an. Turbo blickte mit feuchten Augen auf: »Es war bei einem von Atzes Aufträgen. Wir sollten drei Häuser im Dichterviertel aufmischen. Damit die Bullen ... die Polizei es nicht zu leicht hat, sollten wir alle drei Häuser gleichzeitig angehen, um Verwirrung zu stiften.«

»Was solltet ihr genau tun?«, wollte Kürten wissen.

»Einfach 'n Stein oder irgendwas aus dem Garten durch die Terrassentür werfen, einsteigen und was mitgehen lassen. Nicht lange rumsuchen, sondern blitzschnell rein und sofort wieder verschwinden.«

»Das hast du aber nicht getan.«

»Doch, klar. Bei mir waren sogar Leute im Haus, die im oberen Stockwerk geschlafen haben. Ich hab nur zugegriffen und bin sofort wieder raus.«

Kürten schüttelte ungläubig den Kopf. »Willst du mir erzählen, dass dieser Beutel offen im Wohnzimmer lag? Einfach so? So was lässt doch niemand herumliegen, die kommen in einen Safe.«

»Normalerweise ja. Außer, man will ganz besonders schlau sein«, antwortete Turbo. Hätte Ben sie nicht so böse angestarrt, hätte Turbo sogar gelächelt. »Von oben waren schon Schritte auf der Treppe zu hören. Ich hab einfach nach dem ersten Ding gegriffen, das rumstand, und bin wieder raus.«

»Und was war das?«, fragte Kürten.

»Prinz Siddharta«, antwortete Turbo.

»Bitte, wer?«

»Buddha ... Eine Statue des sitzenden Buddhas. Er hatte das Tai Chi auf dem Bauch.« Turbo deutete auf ihr Sweatshirt.

»Das kenne ich«, sagte Kürten, »Yin und Yang.«

»Die Statue gefiel mir einfach. Und die Leute dachten wohl, in dem Buddha wären die Steine sicher. Es war reiner Zufall.«

»Und du bist auch noch stolz drauf, was?«, sagte Ben. Er hätte ihr am liebsten den Hals umgedreht, wusste nicht, ob er lachen oder weinen sollte.

Turbo schluckte. Auf ihrer Brust prangte das Zeichen, das alle Gegensätze symbolisierte, die Ben durcheinanderbrachten. Turbo hatte Ben verprügelt, beklaut. Geküsst! Sie hatte gestohlen, was einem anderen gehörte. Einem Mörder. Sie hatte verschwiegen, dass sie die Steine besaß, selbst als Bens Vater dafür als Geisel herhalten musste. Sie hatte Ben betrogen. Ben hasste Turbo dafür. IST DOCH NUR GELD, wollte er brüllen. Doch einen Gedanken später wusste er, dass dieses Argument für Turbo wie ein Witz klingen musste. Es war furchtbar verwirrend für Ben, denn er liebte Turbo. Auch dafür, dass sie das Pfand für seinen Vater jetzt freiwillig herausgerückt hatte. Doch nicht nur dafür. Und er bewunderte sie auch für ihre Konsequenz. Egal, ob richtig oder falsch, Yin oder Yang. Turbo war konsequent. Ohne Wenn und Aber.

Der Polizist füllte die Edelsteine in das Ledersäckchen zurück.

Kürten hatte Turbo und Ben im Keller des Präsidiums untergebracht und eine totale Kontaktsperre verhängt, als er von der Entführung von Bens Vater erfahren hatte. Ben sollte noch nicht einmal seine Mutter anrufen und ihre Sorgen zerstreuen.

»Wenn du das tun willst, bitte. Aber erzählst du dann auch von deinem Vater? Und was sagst du ihr, warum du nicht sofort nach Hause kommst?«, war

Kürtens Argument. Nachdem Turbo über eine Stunde lang ihre Version der Ereignisse dargelegt hatte, war der große Beamte mit den rotblonden Haaren ganz aufgeregt gewesen. Er hatte sich bei Ben und Turbo für das stinkende braune Getränk entschuldigt, das er ihnen vorgesetzt hatte. Dann war er aus dem Raum geeilt und hatte zwei Dinge getan: Frischen Kaffee gekocht und Stefanie Schäfer, die Person, der er am meisten vertraute, telefonisch aus dem Schlaf gerissen.

Als die Kollegin eingetroffen war und er sie über alles informiert hatte, war Kürten sich sicher, die größte Serie ungeklärter Einbruchdiebstähle seiner Laufbahn auf einen Schlag lösen zu können.

»Morgen wird ein anstrengender Tag. Ich schlage vor, wir holen uns alle noch eine Mütze voll Schlaf, bevor es losgeht«, sagte er.

Drei riesige Augenpaare sahen ihn an.

»Schlafen? Sind sie verrückt?«, fragte Turbo, kicherte überreizt und trank den letzten Schluck Kaffee.

Benjamins Hände zitterten sogar, er war Kaffee überhaupt nicht gewohnt, solchen schon gar nicht. Auch er glotzte Kürten mit aufgerissenen Augen an: »Ich hab totalen Hunger.«

Stefanie sah in ihren Becher. »Für das Zeug brauchst du einen Waffenschein, Werner.« Sie stellte die Tasse ab und wandte sich an Turbo und Ben: »Im ersten Stock ist ein Automat mit Salami, Nüssen, Schokoriegeln und so was.« Sie drückte Turbo das Kleingeld aus ihrer Hosentasche in die Hand. »Könnt ihr uns davon was besorgen?«

»Klar!« Turbo und Ben stürmten aus dem Raum.

Stefanie Schäfer sah Werner Kürten an. »Bekommen wir Unterstützung von den Kollegen?«

Ungeschminkt gefiel ihm Stefanie noch besser. »Nein. Die Zeit ist zu knapp. Und die Durchführung mit den Kollegen unmöglich zu koordinieren.«

»Meinst du wirklich, wir sollten einen Alleingang wagen?«

»Ich weiß es nicht«, antwortete Kürten ehrlich. Aufrichtigkeit war die Grundlage einer jeder guten Beziehung, fand er. Stefanie starrte in eine Ecke, in der es nichts zu sehen gab. Kürten ließ ihr Zeit zum Nachdenken.

»Hör mal, Stefanie … Du musst das nicht tun.«

»Was ist mit der Kripo? Wirst du sie einweihen?«

»Nein.«

»Wie lange ist Breidenbach krank geschrieben?«

»Keine Ahnung, aber wenn das hier vorbei ist, endet seine Schonfrist«, antwortete Kürten.

»Na gut … ich bin dabei«, sagte Stefanie und stand auf. »Mal sehen, ob ich irgendwo was Essbares finde.«

»Die beiden sind doch unterwegs.«

»Der Automat funktioniert schon seit der Weihnachtsfeier nicht mehr. Ich wollte nur kurz unter vier Augen mit dir reden. Aber verrate mich bitte nicht«, sagte Stefanie und verließ den Raum.

ROSEN-
MONTAG

DER ZUG KOMMT!
11 UHR 37

Ben und Turbo stapften von der Polizeiwache Richtung Innenstadt. Das flaue Gefühl von Aufregung und Angst in Bens Magen wurde vom Slalom durch zertretene Pommes, halb gegessene Döner und bräunliche Pfützen Halbverdautes im Schneematsch nicht besser.

Willkommen in Mülltown, dachte er. Die Straßen sahen aus, als wären in der Nacht zuvor alle Abfalleimer, Papier- und Altglascontainer der Stadt gleichzeitig explodiert. Flaschen, Scherben, aufgeweichtes Papier und Überreste von Mahlzeiten und Kostümen lagen überall herum. Dabei war der Rosenmontagszug dort nicht einmal vorbeigekommen.

Für Ben waren der Sonntag und die Nacht zum Rosenmontag furchtbar gewesen. Im Keller einer Polizeiwache eingesperrt. Nicht Knast, aber fast. Der Bulle, der seit Tagen nicht mehr geschlafen zu haben schien, war keine große Hilfe. Und Turbo, die ihn belogen und erst in letzter Sekunde die Kurve bekommen hatte, wollte Ben nicht mehr sehen. Er machte einen Bogen um den nächsten Fleck Kotze.

Turbo war ebenfalls übernächtigt, verängstigt und vor allem unsicher. Ihre Hand wollte in Bens flüchten, doch er zog seine Hand weg, stapfte voraus und bog in eine Seitenstraße ab. Er fühlte das frisch aufgeladene Handy in seiner Tasche. Vor der nächsten großen Querstraße hatte sich bereits eine Menge bunt verkleideter Menschen eingefunden, die mit dem Rücken zu Ben und Turbo auf das Eintreffen des Rosenmontagszugs warteten. Neben Ben drosch ein Karnevalist auf eine große Trommel ein. Die Paukenschläge schmerzten in seinen Ohren. Er nahm das Handy aus der Tasche, weil er befürchtete, einen Anruf oder eine Nachricht bei dem Lärm zu verpassen, und sah auf die Zeitanzeige des Displays: 11 Uhr 43.

Ein paar Meter von Ben entfernt schunkelte sich eine attraktive Frau mit Zopfperücke und aufgemalten Sommersprossen warm, ohne der Musik zuzuhören. Sie hatte sich für ein Pippi-Langstrumpf-Kostüm entschieden. Angesichts der Temperaturen keine gute Wahl, stellte Stefanie Schäfer fest – sie fror in den dünnen geringelten Strümpfen dermaßen, dass sie ihre Zehen bereits schmerzlich vermisste. Wenigstens war unter der möhrenfarbigen Perücke der kleine Knopf im linken Ohr nicht zu sehen, der sie mit Werner Kürten verband.

»Ich frier mir den Hintern ab«, nuschelte sie. »Meine Nase ist auch schon taub.«

»Dauert nicht mehr lange, bis die sich melden«, hörte sie über den Knopf. »Bleib an den beiden dran. Achte darauf, dass sich so wenig Menschen wie möglich zwischen dich und die Kids drängen. Ich bin mir nicht sicher, ob wir Turbo trauen können.«

»Glaubst du etwa, sie versucht, mit den falschen Diamanten durchzubrennen?«, fragte Stefanie belustigt. Es folgte eine kurze Pause, dann antwortete Werner über Funk: »Sie hat die echten Steine dabei.«

»Aber … du wolltest sie doch durch Kopien ersetzen.«

»Probier mal am Karnevalssonntag Kopien von Diamanten zu bekommen, die echt genug aussehen, um den Überbringer und die entführte Person nicht in Lebensgefahr bringen« erwiderte Kürten gereizt.

»Schon gut. Wir sind alle nervös und ein wenig neben der Spur«, versuchte Stefanie ihren Kollegen zu beschwichtigen.

»Das dürfen wir aber nicht sein«, sagte Kürten. Dann knackte es so laut, dass Stefanie zusammenzuckte und immer wieder über Funk rief: »Werner? Bist du da? … Werner? Was ist passiert? Hallo? … Werner, bitte kommen!«

»Das fällt in dem Gedränge doch keinem auf«, hatte Werner Kürten auf Stefanies Frage geantwortet, wie der Funkverkehr während der Aktion funktionieren sollte. Mikrofon und Ohrhörer konnte man unter dem Kostüm verstecken, die Sende-Empfangseinheit war direkt am Körper befestigt. Werner hatte sich für ein Indianerkostüm entschieden – ebenfalls wegen der Perücke, obwohl ihn die lose herumfliegenden Haare jetzt schon verrückt machten.

Auf die Idee, dass sich jemand aus der Menge angesprochen fühlen könnte, kam Werner erst, als es zu spät war. Die angetrunkene Frau im »Sexy-Krankenschwester«-Kostüm war allein unterwegs, offensichtlich in der festen Absicht, das so schnell wie möglich zu ändern. Als sie sich von dem attraktiven Indianer angesprochen fühlte, fackelte sie nicht lange und fiel Kürten mit einem begeisterten »Winnituuuuhh!« um den Hals. Und was sie einmal hatte, ließ sie so schnell nicht mehr los. Beim Klammergriff um den Indianer hämmerte sie ihre halbvolle Bierflasche auf Kürtens Funkgerät und verpasste der Steckverbindung zum Mikrofonkabel einen folgenschweren Wackelkontakt. Als der Indianer die Dame endlich wieder losgeworden war, ohne den Gummitomahawk oder seine Dienstwaffe einzusetzen, stellte er umgehend die Funkverbindung zu Stefanie und den Sichtkontakt zu Turbo und Ben wieder her.

Sie hatten vereinbart, dass Ben, sobald er die Nachricht mit dem Treffpunkt erhalten hatte, die Arme in die Luft reißen und eine Art Tanz mit Turbo aufführen sollte. Als Signal dafür, dass es losging. Die Kids zu verkabeln war aus Gründen ihrer Sicherheit nicht in Frage gekommen. Auch sonst hatte Kürten alles getan, um diese Übergabe so sicher wie möglich zu machen. Es durfte absolut nichts schiefgehen! Nichts an dieser Aktion war offiziell. Oder gar genehmigt. Keiner der Uniformierten, keiner der zugbegleitenden Streifenwagen oder Motorradpolizisten hatte eine Ahnung, dass Winnetou und Pippi Langstrumpf bewaffnete Kollegen waren. Neben der Tatsache, dass sie so ziemlich jeden Paragrafen der Dienstvorschrift ignorierten, beunruhigte Werner Kürten besonders, dass er seine Kollegen nicht vorwarnen konnte, falls er zur Waffe greifen müsste. Ohne Uniform war er nicht als Polizist zu erkennen. Wie würden die Kollegen reagieren, wenn Winnetou einen Karnevalisten mit einer Waffe bedrohte? Oder Pippi Langstrumpf plötzlich mit gezogener Pistole durch den Karnevalszug tobte?

Die Alternative, einen Austausch »Diamanten gegen Mensch« während des Rosenmontagszugs unter Polizeischutz zu veranstalten, hatte jede Diskussion unnötig gemacht. Es war unmöglich, die Kollegen einzuweihen. Werner war diesen Einsatz mit Stefanie, Ben und Turbo immer wieder durchgegangen. Er hatte Stefanie die Wahrheit gesagt, sie darüber aufgeklärt, dass ihre Karriere bei der Polizei nach dieser Aktion höchstwahrscheinlich beendet sein würde. Egal, ob die Übergabe reibungslos verlaufen würde oder nicht.

Sofort nach der Übergabe und sobald Wolfgang Terjung und die Kids in Sicherheit sind, werden Andreas ›Atze‹ Dahlke und Aristoteles Petrakis zur Fahndung ausgeschrieben. Stefanie und ich bekommen Disziplinarverfahren angehängt. Davon werde ich mich nicht mehr erholen, so viel ist sicher. Aber vielleicht kann ich Stefanie ja aus der Sache raushalten.

Bei dem Gedanken an Suspendierung wurde Werner Kürten wehmütig. Er hatte immer Polizist sein wollen. Konnte sich nichts anderes vorstellen. Was soll ich tun, wenn sie mich feuern?, fragte er sich.

Dann führte Ben ein Tänzchen mit Turbo auf und riss Kürten aus seinen Gedanken. Sie haben die Nachricht bekommen!

DER WILDE RITT

11 UHR 50

**ÜBERGABE ALTES RATHAUS
12 UHR! NICHT SPÄTER!**

las Ben auf dem Display des Handys und stöhnte auf.

»Das ist viel zu weit weg! Das schaffen wir niemals in zehn Minuten.«

Turbo dachte kurz nach.

»Warte hier«, sagte Turbo und rannte zu Pippi Langstrumpf. Die beiden berieten sich kurz, dann winkte Pippi einen Motorradpolizisten zu sich. Er hielt an und hörte konzentriert zu, während Stefanie auf ihn einredete.

11 UHR 52

»Was machst du denn?«, rief Werner Kürten in sein Funkgerät und lief die Menschenmenge entlang, die die Straße säumte.

»Stefanie?« Keine Antwort. Ben hatte sie und Turbo bereits erreicht.

Werner rannte auf das Trio zu und sah, wie Turbo bei dem Polizisten hinten auf das Motorrad stieg. Die BMW raste mit der Sozia Richtung Innenstadt davon.

»Seid ihr verrückt? Was soll das?«, rief Werner,

immer noch in den Funk, aber fast laut genug, um die Kapelle zu übertönen, die auf der anderen Seite der Menschenmenge durch die Straße zog. Keine Antwort.

Dann stoppte Pippi einen zweiten Motorradcop, stieg hinten auf und raste mit dem Mann davon.

»STEFANIE«, brüllte Kürten im Laufen. Keine Antwort.

11 uhr 56

Der Grieche wartete in einiger Entfernung zu der feiernden Meute und sah auf die Uhr. Atze und Wolfgang Terjung saßen in seinem Mercedes auf dem Deck eines Parkhauses in unmittelbarer Nähe. Um den Logenplatz auf dem Parkdeck an der Strecke des Rosenmontagszug zu bekommen, hatte Petrakis den Wagen bereits am Sonntag dort geparkt.

Sie waren vor Stunden mit Atzes rostigem Ford angereist und hatten den Wagen am Rand der Fußgängerzone im Halteverbot stehen lassen. Den Weg bis zum Parkhaus hatten sie mit Wolfgang zwischen sich und zwei Reisetaschen auf den Schultern zu Fuß zurückgelegt.

»Mein Fiesta wird sicher abgeschleppt«, hatte Atze protestiert.

»Für deinen Anteil kannst du dir zwanzig solcher Rostlauben kaufen«, hatte der Grieche erwidert. »Ihr wartet in meinem Wagen. Wenn das Handy einmal klingelt, zeigst du den Vater an der Brüstung.«

»Alles klar. Und wie machen wir dann ...«

»Ich war noch nicht fertig! Wenn du mich siehst und ich dir ein Zeichen gebe, sperrst du ihn wieder in den Wagen, bis dein Telefon ein zweites Mal klingelt, kapiert?«

»Ich bin nicht blöd«, sagte Atze.

Der Grieche enthielt sich eines Kommentars und reichte Atze ein Paar Handschellen. »Wenn ich dich zum zweiten Mal anrufe, habe ich die Steine. Dann bringst du den Mann in den Keller und kettest ihn damit an. Dort hört ihn bei dem Krawall niemand und wir bekommen einen ausreichenden Vorsprung. Danach fährst du meinen Wagen sofort aus dem Parkhaus. Hast du mich verstanden?«

Atze nickte.

Der Grieche fuhr fort: »Ich verschwinde zu Fuß. Wenn die Luft rein ist, rufe ich dich wieder an und sage, wo du mich abholen kannst. Alles klar?«

Es dauerte einen irritierenden Moment, in dem Atze nachdenklich zu Boden sah.

»Was ist?«, wollte der Grieche wissen.

»Bringe ich Wolfgang in den Keller und fahre den Wagen weg, wenn du zum zweiten Mal anrufst? Oder schon beim ersten Anruf?«

Der Grieche rieb sich die Stirn und atmete tief durch. Einen Augenblick lang dachte er darüber nach, das Familienband endgültig zu trennen und Atze um seinen Anteil zu betrügen. Doch das war nicht der Stil von Aristoteles Petrakis. Er legte Atze eine Hand auf die Schulter und antwortete: »Was hältst du davon, wenn ich dir bei meinen Anrufen einfach *sage*, was du tun sollst?«

»Das ist ein toller Plan«, sagte Atze – völlig ohne Ironie.

11 Uhr 59

Die beiden Polizeimotorräder hielten nebeneinander in einer Seitenstraße der Fußgängerzone in Höhe eines schwarzen Mercedes S-Klasse, auf dem leere Bierflaschen standen. Der Wagen hatte eine Beule in der Motorhaube und einen hässlichen Kratzer auf der Beifahrerseite.

Selbst schuld, warum parkst du auch hier?, dachte einer der Motorradpolizisten und nahm sich vor, später eine Verwarnung zu schreiben.

Vor einer geschlossenen Front menschlicher Rücken, zwischen den Schaufenstern eines Juweliers und eines Bettengeschäfts stiegen Turbo und Stefanie ab. Über die Köpfe der Zuschauer hinweg war die Fassade des Alten Rathauses zu sehen. Stefanie hatte die beiden Fahrer auf die gegenüberliegende Seite gelotst und darum gebeten, ohne Blaulicht und Sirene zu fahren. Die Entführer sollten keinen Verdacht schöpfen.

»Vielen Dank, Klaus«, sagte Stefanie und klopfte dem Kollegen auf den Helm.

»Mit dir immer wieder, Pippi«, antwortete der Fahrer.

»Echt geil«, lobte Turbo ihren Piloten, der nickte, abstieg und seinen Verwarnungsblock zückte.

»… O sei i …?«, hörte Stefanie über Funk.

»Werner, endlich! Ich versuche die ganze Zeit, dich zu erreichen.«

»Wo ei ihr enn?«

»Kannst du mich hören?«

»… EISSE JA! HÖR DICH!«, knackte es. »SENDEN … EHT NI …«

»Los! Wir müssen auf die andere Seite«, sagte Turbo.

»Wir sind am Alten Rathaus, Werner. Komm zum Alten Rathaus!«

Stefanie und Turbo drängten sich durch die feiernden Zuschauer, fädelten sich durch eine Schulklasse Zipfelmützen tragender Zwerge im Rosenmontagszug und erreichten die andere Seite. Turbo sah sich nach Atze und dem Griechen um. Ein Wikinger versuchte Pippi zu küssen und ging kurz darauf stöhnend in die Knie.

HIGH NOON

Clown, Iron Man, Biene Maja, Indianer, Batman, Frosch, Tiger, Ente, Tigerente, Wonder Woman, Ritter, Beutolomäus Sack, Marienkäfer, Cowboy, Schutzmann, Prinzessin Lillifee, Grisu, Rocker, Superman, – sogar ein menschliches Kondom konnte Turbo in der Menge entdecken. Aber weder Atze noch der Grieche waren zu erkennen.

»Wie sehen die aus?«, wollte Stefanie alias Pippi Langstrumpf wissen. Sie erntete einen glasigen Blick von Turbo und sah den Fehler ein.

»Ist schon klar, verkleidet«, sagte sie und wunderte sich, dass Turbo in die Knie ging. Zum Glück half ein Huhn, Turbo flach auf den Boden zu legen. Stefanie hatte Mühe, durch das ausladende Kostüm des Hühnchens zu Turbo durchzudringen. Bis sie das Blut an ihren Händen bemerkt und die Stichwunden in Turbos Seite entdeckt hatte, war das Mädchen bereits bewusstlos und das Huhn bereits wieder in der Menge verschwunden.

12 UHR 02

»Ein großes Huhn! Es ist ein Huhn!«, rief Stefanie und versuchte Turbos Blutung zu stoppen. Auf Knien, immer wieder in den Funk, mit überschlagender Stimme:

»Mann im Hühnerkostüm. Weiß und gelb, ziemlich groß, auf der Flucht Richtung Alter Markt! Es ist ein Huhn. Turbo hat's erwischt. Ein verdammtes Huhn! Werner es ist ein ...«

»Ich bin hier«, sagte Kürten und stellte sich neben Stefanie, »ich bin bei dir.«

»Turbo!«, rief Ben und wollte das blutende Mädchen in seine Arme ziehen. »Wird sie sterben?« Ben bedeckte Turbos Gesicht mit Küssen. Stefanie drückte einen Teil ihres Rocks als Kompresse auf die blutenden Stellen.

»Nein, ich kümmere mich um sie.«

»Hat sie die Diamanten noch?«, wollte Kürten wissen. Er hielt in der Menge Ausschau.

Stefanie durchsuchte Turbos Taschen und schüttelte den Kopf.

»Wir haben keine Zeit zu verlieren. Steffi ruft den Notarzt. Ben, wir schnappen uns das Huhn!«

Ben konnte sich nicht von Turbo losreißen.

»Los, es geht um deinen Vater!«

12 uhr 04

Der Trupp Zwerge mit Mützen wurde von den Karnevalisten vor dem Parkhaus begeistert begrüßt. Die verkleideten Kinder winkten und warfen Süßigkeiten aus Leinenbeuteln.

Petrakis sah auf seine Armbanduhr.

»Wo bleiben die denn?«

Er tippte ungeduldig auf seinem Handy herum und sendete eine Nachricht.

12 UHR 08

Kürten blickte sich hektisch um.

Ein großes Huhn … verdammt! In so einem Kostüm kann man doch nicht flüchten, ohne aufzufallen!, dachte er.

»Hierher!« Vor der Stadtsparkasse, ein paar Meter weiter in der Fußgängerzone, hielt Ben eine große Pappmachee-Kugel mit Arm- und Beinlöchern hoch, von der weiße Federn in den Schnee hinter einer Sitzbank rieselten.

»Mist«, fluchte Kürten. Ben ließ das Hühnerkostüm sinken.

»Warum verkleidet sich der Täter, wenn er meinen Vater als Geisel hat?«

»Um in der Menge unterzutauchen. So ist es unauffälliger«, antwortete Kürten.

»Und wieso greift er Turbo an und klaut ihr die Steine? Das ist doch total auffällig.«

»Natürlich«, antwortete Kürten und war dem Jungen dankbar für diesen Hinweis. »Das hat er getan, weil er die Geisel überhaupt nicht hat! Und er …«

Ein Fanfarenchor im Zug unterbrach die beiden mit einer jazzigen und sehr lauten Version von »Schnappi, das kleine Krokodil«. Die Menge tobte vor Begeisterung.

»Was?«

»Ich sagte, er trug wahrscheinlich zwei Kostüme übereinander! Unter dem Huhn hat er noch ein anderes Kostüm an«, schrie Kürten.

»Dann finden wir ihn nie«, rief Ben zurück, während das kleine Krokodil weiterzog.

»Gib nicht so schnell auf.«

»Wonach soll ich denn suchen?«

Kürten dachte daran, wonach er in einem Aktenkeller gesucht hatte. Plötzlich fiel ihm besonders auf, was er dort NICHT gefunden hatte. Ihm ging ein Licht auf.

»Wenn mich nicht alles täuscht, hinkt er«, sagte Kürten, »und sehr weit kann er noch nicht gekommen sein.«

SHE'S *DEFINITELY* THE ONE!

12 UHR 08

Das Ende war noch lange nicht in Sicht. Mit dem Strom schwimmen war eine gute Idee, Teil des Plans. Doch solange sich die Zuschauer nicht zerstreuten, war an unauffälliges Entkommen nicht zu denken. Er musste mit dem Strom schwimmen! Als Huhn verkleidet war der Klumpfuß kein Problem gewesen. Mit großen Krallenfüßen aus Plüsch hatte er den dicken Verband verdeckt. Aber das Kostüm darunter musste schlank und unauffällig sein. Da war der Verband im Weg. Er hatte ihn extra mit schwarzem Latex umwickelt.

Der Bulle und der Junge liefen direkt hinter ihm auf und ab. Sie schnüffelten unter den Zuschauern herum. Er musste nur seinen Wagen erreichen, dann war alles in Butter. Doch auf die andere Seite des Rosenmontagszugs zu kommen, war nicht möglich, da der Festwagen des Prinzenpaars gerade unter Gejohle, Kamelle und Polizeibegleitung vorbeifuhr.

Es dauert nicht mehr lange, dachte er. Gleich habe ich gewonnen. Er schloss eine verschwitzte Hand um den kleinen Ledersack in der Tasche seines Kostüms. Kein Aufsehen erregen, dem Prinzenpaar zujubeln, den Bullen und den Bengel ignorieren. Alles Weitere war ein Kinderspiel.

12 UHR 12

»Zuerst lag ich in einem Ei«, sangen begeisterte Zuschauer mit dem Fanfarenchor. Der Grieche wurde zunehmend nervöser. Etwas war schief gelaufen.

»Schnischnaschnappi ... schnappischnappischnapp«, übertönten Karnevalisten im Chor die Musiker im Zug. Und verpassten dem Griechen einen Ohrwurm, von dem er sich nie wieder ganz erholen würde. Dann klingelte Petrakis' Handy.

»Wir haben viertel nach«, sagte Atze.

»DAS WEISS ICH«, brüllte der Grieche.

»Ich schnapp mir, was ich schnappen kann. Ich schnapp zu, weil ich das so gut kann«, sang die Menge.

»Ich komme rauf«, sagte Petrakis und beendete die Verbindung. Für ihn war die Sache gelaufen.

Kurz darauf beobachte der Grieche den Triumphzug des Prinzenpaars vom Parkdeck aus, suchte vergeblich nach Atzes Schwester und verstand die Welt nicht mehr.

Dann ging alles sehr schnell: Fünfundzwanzig Minuten nach zwölf ketteten die beiden Männer Wolfgang Terjung im Keller an ein Heizungsrohr, schoben sich mit der Mercedes A-Klasse des Griechen durch den Freudentaumel der Feiernden und rasten dann stadtauswärts. Doch bereits wenige Minuten später standen Aristoteles Petrakis und Andreas »Atze« Dahlke mit erhobenen Händen am Kleinwagen des Griechen und wurden von Beamten eines Sondereinsatzkommandos auf Waffen abgetastet. Am Autobahnkreuz rauschte der Verkehr in alle vier Himmelsrichtungen vorbei. Atze sah durch den Zaun auf das Gelände von »Caravan Paradies Leverenz«, erkannte die Wohnmobile und dachte: Mit genau so 'ner Kiste in den Süden, das wär's doch gewesen!

Er und Petrakis wurden von den vermummten Männern des SEK in einen Polizei-Transporter geschoben.

Im Kofferraum des Kleinwagens fanden die Beamten zwei Reisetaschen mit Uhren, Schmuck, Brieftaschen und Bargeld. Die gesamte Beute aus dem Parkhotel-Raub.

12 uhr 15

Der Reichtum war fast in Sicherheit. Er sah den Bullen und den Jungen über den Platz vor der Sparkasse laufen. Der Zug war durch. Batman wanderte vorsichtig zwischen den Feiernden umher und schwitzte unter der Maske. Wenn er sich langsam in die Seitenstraße verziehen konnte, war es vorbei. Dann hatte er gewonnen.

Gegenüber der Sparkasse lag die Glasfront des Einkaufszentrums. Seinen rechten Außenspiegel konnte er nach dem Crash mit Hakan vergessen. Fast hätte er sich wieder über die Beule und den Kratzer in der Tür geärgert, als er seinen Benz sah.

Aber in der Karibik, mit den Edelsteinen in der Tasche ... wozu brauche ich das ramponierte Batmobil dann noch? Batman lächelte.

12 uhr 16

»Wen rufst du an?«, rief Kürten Ben zu. Er zog sich die verschwitzte Indianerperücke vom Kopf und stopfte sie neben einem Bettengeschäft in den überfüllten Mülleimer. Bett wäre 'ne gute Idee, dachte er.

»Den Täter«, antwortete Ben.

»Was?«

»Ich versuche, den Täter anzurufen.«

»Spinnst du?«, fragte Kürten und sah in das Schaufenster, wo Daunen in einer Plexiglasbox herumgepustet wurden. So ähnlich fühlte er sich auch.

»Geben Sie doch nicht so schnell auf«, erwiderte Ben. »Sehen Sie sich lieber um, ob jemand an sein Handy geht.«

»Hör mal … ich bin wirklich müde, Ben«, sagte Bald-Ex-Polizeiobermeister Kürten. Er hatte versagt. Mit dem verletzten Mädchen und dem vermissten Vater des Jungen konnte er seine Karriere gleich zu der Perücke in den Müll stopfen. Versuch gescheitert. Ende.

»Ich auch«, sagte Ben und drückte auf die Verbindungstaste.

12 UHR 17

Die Melodie von »She's The One« ertönte polyphon.

»Das ist mein Lieblingslied von Robbie«, kicherte eine verlebt aussehende Krankenschwester, als Batman das Handy aus der Tasche der hautengen schwarzen Hose fummelte. Er drückte die Taste für Verbindung, meldete sich jedoch nicht, sondern hörte nur zu.

»Schnischna … geschnappt! Arschloch«, sagte eine Stimme, die ihm bekannt vorkam. Ben winkte, knapp zehn Meter Verbundstein trennten ihn von Batman. Sein Lächeln gefror, als er in den Lauf von Kürtens Waffe starrte. Die sexy Krankenschwester erkannte den bewaffneten Indianer wieder. Sie trat eilig den Rückzug an.

»Sie sind festgenommen, Breidenbach. Hände aufs Dach!«

Breidenbach legte seine Handflächen auf den Mercedes vor dem Schaufenster des Juweliers und wurde von Kürten abgetastet.

Na toll, 'ne Verwarnung habe ich auch noch, dachte Breidenbach, als er den Zettel unter dem Scheibenwischer sah.

Kürten holte das Ledersäckchen mit Breidenbachs Zukunft aus dessen Tasche.

»Das war's, Fledermaus«, sagte Kürten und drehte Breidenbach zu sich um. »Als Hühnchen haben Sie mir besser gefallen.«

12 UHR 27

Der Zug war durch. Streifenwagen mit Blaulicht standen auf dem müllübersäte Pflaster. Die beiden Motorradcops. Betrunkene Schaulustige. Ben sah zu, wie Oberindianer Kürten das Chaos auf dem Platz vor der Sparkasse in den Griff zu bekommen versuchte. Er las drei neue Nachrichten auf dem Display des Handys, mit dem er den Fall geklärt hatte:

**ÜBERGABEORT
KARSTADT 12:00 UHR**

Ein anderer Stil, die Uhrzeit zu nennen, als bei der getürkten Nachricht von Breidenbach, dachte Ben und checkte den Absender. Die Nummer wurde sogar angezeigt.

Cool, dachte Ben. Ich sollte Bulle werden!

Dann las er die zweite Nachricht:

KARSTADT 12:08 UHR
WO SIND DIE DIAMS?

Die dritte Nachricht raubte Ben den Atem:

KARSTADT 12:14 UHR
NUN IST ER TOT!

»Nein«, rief Ben und sprang auf. Er konnte Kürten in dem Gewimmel nirgends sehen. Das Handy klingelte und Ben zuckte zusammen.

»Ja?«

»Ich lebe noch.«

Tränen schossen Ben in die Augen. »Turbo! Mein Vater ist ...«

»Dein Vater ist in Sicherheit«, unterbrach Turbo. »Haben die Bullen mir jedenfalls gerade gesagt. Ihm ist nichts passiert.«

Ben schluchzte, konnte nicht sprechen und wollte nicht heulen. Wie ein kleines Mädchen. Aber –

»Hey, das ist okay«, sagte Turbo. »Wenn du zu mir ins Krankenhaus kommst, nehme ich dich in den Arm. Ich halte dich ganz fest.«

»Bis es wieder knackt?«

»Ich brech' dir jeden Knochen«, schluchzte Turbo. Und so heulten die beiden einen wunderschönen Augenblick zusammen. Yin und Yang.

Vor dem Bettengeschäft beobachtete ein Indianer den Jungen, der sein Handy ans Ohr presste, weinte, lachte und sich seltsam benahm. Er wunderte sich, dann sprach er kurz mit einem Kollegen.

»Ich liebe dich.«

»Was?«

»Ich liebe dich«, wiederholte Ben.

»Die Verbindung ist schlecht. Ich kann nix verstehen«, log Turbo. Und bekam eine Gänsehaut.

»ICH LIEBE DICH«, brüllte Ben. Plötzlich peinlich berührt, in lächelnde Gesichter von Passanten, Polizisten und Karnevalisten zu sehen.

Dann hielt ein Motorrad neben Ben. Das Blaulicht rotierte blinkend.

»Steig auf«, sagte der Indianer und reichte Ben einen Helm. »Ich fahr dich zu ihr.«

Danke!

Dem leider viel zu früh verstorbenen Klaus Maas danke ich für seine polizeiliche Fachberatung für dieses Buch. Aber nicht nur dafür. Ohne ihn hätte ich Jahre zuvor niemals mein erstes Seriendrehbuch für die RTL-Produktion »Die Wache« geschrieben – und später viele weitere Drehbücher.

Bei Oberstleutnant Joachim Schmidt bedanke ich mich ebenfalls. Da ich damals den Dienst an der Waffe verweigert habe, war seine hilfsbereite Fachberatung dringend notwendig ;-)

Für diese überarbeitete Neuauflage waren Niklas Schütte bei der Covergestaltung und Michaela Bielawski von publish4you bei Satz und Layout eine ganz besondere Hilfe. Vielen Dank – ich freue mich auf weitere Projekte!

Dieser Roman wurde mit einem Arbeitsstipendium für Schriftsteller des Landes Nordrhein-Westfalen unterstützt. Dafür mein besonderer Dank.

Oliver Pautsch

OLIVER PAUTSCH

DER BRUCH

ROMAN

Leseprobe
»Der Bruch«

Johannes ist fast sechzehn, als eine ganze Menge gleichzeitig passiert. Plötzlich ist Klaus wieder da. Der saß nämlich jahrelang im Knast, da war Sendepause. Jetzt verbringt Johannes fast jede freie Minute mit seinem Vater. Denn Klaus ist cool, so ganz anders als seine Mutter und der Wolf, sein Stiefvater. Klaus packt das Leben an. Er tut, was er sagt. Und er nimmt Johannes ernst. Auch wenn er manchmal von jetzt auf gleich völlig ausrastet – auf Klaus ist Verlass. Doch ab und zu kommen Johannes Zweifel. Warum spricht sein Vater nie darüber, weshalb er im Gefängnis war? Macht er immer noch krumme Geschäfte? Und was verbirgt sich in dem Zimmer, das für Johannes tabu ist? Klaus spielt doch nicht mit seinem Vertrauen, oder?

Dann verliebt sich Johannes zum ersten Mal. Und seine ganze Familie fliegt ihm um die Ohren.

Der Bruch – Ausbruch,
Abbruch, Umbruch, Aufbruch:

1.

Klaus wird den Bruch machen, das weiß ich. »Wenn du eine Sache anfängst, musst du sie auch durchziehen!«

Seine Worte. Er sagt diesen Satz oft und meint es ernst. Denn mein Vater meint immer alles völlig ernst. Zum ersten Mal habe ich den Spruch gehört, als er mir das Fahrradfahren beigebracht hat. Nach dem dritten Sturz wollte ich aufhören. Meine Ellenbogen und Knie waren total zerschrammt. Blutig! Das linke Hosenbein hatte sogar ein Loch. Doch Klaus hat nicht zugelassen, dass ich absteige und aufgebe. Oh nein, nicht mein Vater!

Als ich mit Rotznase und Tränen in den Augen endlich zehn Meter auf dem verdammten Kinderrad ohne Stützräder geradeaus fahren konnte, hat Klaus mich vom Rad in die Luft gehoben. Über seinen Kopf, ganz hoch. Dann hat er mir mit seinem Ärmel den Schnodder abgewischt, mich geküsst und gedrückt, bis ich kaum noch Luft bekam. So stolz war er auf mich. Das weiß ich heute, weil er es mir erzählt hat. Ich war erst vier und weiß nur noch, dass ich ihn damals gehasst habe. Dafür, dass er mich gezwungen hat auf diesem kleinen Scheißrad sitzen zu bleiben, bis ich fahren konnte.

Heute macht mir auf dem Bike keiner mehr was vor. Irgendwie hat Klaus also recht behalten.

Dieses Mal wird Klaus es wieder durchziehen. Bis zum bitteren Ende. Woher ich mir so sicher sein kann? Ganz einfach, mein Vater war schon einmal im Knast, deshalb! Das ist der Grund, warum ich mich an die Episode mit dem Fahrrad so gut erinnere. Es war das Letzte, was wir zusammen gemacht haben. Denn kurze Zeit später war Klaus weg vom Fenster, komplett aus meinem Leben verschwunden. Mama hatte es nur gut gemeint und wollte mich „vor seinem schlechten Einfluss« schützen, hat sie mir später erklärt. Aber es ist schon seltsam, einen Vater gekannt zu haben, der auf einmal nicht mehr da ist. Und dafür einen Wolfgang zu bekommen, der bei uns einzog, als ich gerade sechs wurde, und den ich plötzlich »Papa« nennen sollte.

Im Knast habe ich Klaus nie besucht. Mama wollte das nicht. Sein Gefängnis war irgendwo in der Nachbarstadt und wir hatten kein Auto. So ähnlich hat sie es begründet, und ich habe ihr natürlich jedes Wort geglaubt. Dass man mit dem Bus bis vor den Haupteingang fahren konnte, hat Klaus mir erst später erzählt. Als er schon lange wieder aus dem Gefängnis raus und Mama und Klaus geschieden waren. Ich war total naiv und habe den beiden viel zu viel geglaubt. Heute ist das anders, aber einfacher wird es dadurch nicht.

Klaus hat eine eigene Wohnung im Zentrum der Stadt. Ich gehe ihn oft besuchen. Wir unternehmen auch viel. Allerdings immer nur zu zweit, denn Mama, Wolfgang und Klaus verstehen sich nicht besonders gut. Wir haben mal einen Ausflug in den Zoo zusammen gemacht, da haben sich Wolfgang und Klaus vor dem Pinguinbecken fast geprügelt. Mama und meine kleine Schwester Claudi haben geheult. Seitdem hat Claudia sogar Angst vor Klaus. Weil der so gruselig ausgesehen hat, als er wütend war, sagt sie.

Seitdem bin ich lieber allein mit Klaus unterwegs. So Babyzeug wie Zoo oder Kirmes ist sowieso nicht mehr mein Ding. Wenn ich sechzehn werde, will Klaus mit mir ein Bier trinken gehen. Richtig in einer Kneipe! Natürlich nur, wenn ich Mama nichts davon erzähle. Da ich ab und zu bei Klaus übernachten darf, wenn es spät wird, mit DVDs gucken oder so, wird sie nichts davon mitbekommen, wenn Klaus und ich mal so richtig einen Saufen gehen. Ich freue mich total darauf! Obwohl ich natürlich schon Bier getrunken habe, ist ja klar. Aber nur heimlich mit Acki. Wenn meine Eltern oder Klaus das rauskriegen würden, – ich darf gar nicht drüber nachdenken. Außerdem ist es natürlich was völlig anderes, sich hinter der Schule eine warme Flasche Pils aus dem Supermarkt zu teilen, als mit seinem Vater eine richtige Kneipentour zu machen. Aber rauchen darf ich trotzdem nicht. Auch nicht, wenn ich sechzehn bin, das hat Klaus mir schon gesagt.

»Wenn ich dich beim Rauchen erwische, muchacho, dann trete ich dir in den Hintern, bis dir die Scheiße aus den Ohren spritzt!«

Solche Sachen sagt Klaus manchmal. Ich muss dann immer lachen, obwohl er mir mit diesen Sprüchen in Wirklichkeit tierische Angst einjagt. Denn seine Lippen werden ganz schmal und seine Augen bekommen einen kalten Glanz. Wenn er wüsste, dass ich ab und zu schon an einem der Joints ziehe, die bei uns die Runde machen – nee, darüber denke ich lieber nicht nach.

2.

»Wer ist denn jetzt dein Vater? Wolfgang? Oder der Knacki?«, fragt mich Acki.
»Nenn ihn nicht Knacki, du Lutscher! Er heißt Klaus.«
»Ist ja gut. Aber sag doch mal!« Acki gibt nicht auf.
»Was weiß ich? Wolf ist in Ordnung. Aber Klaus ist eben … cooler!«, sage ich.
»Stimmt. Aber er is 'n Knacki.«
»Lass ihn das bloß nicht hören!«
»Bist du verrückt?« Acki grinst und fragt: »Meinst du, er wird noch mal was, äh … versuchen?«
»Halt die Fresse!«
»Is ja gut! Bleib loggä, Aldä.«
Seine hessischen Wurzeln klingen immer dann durch, wenn »Aggi« sich aufregt. Denn solche Diskussionen führen er und ich oft. Er kommt aus einer normalen Familie mit Reihenhaus, Zweitwagen, einem Hund und so was. Normal eben. Doch Acki findet seine Schergen total langweilig, hasst seinen größeren Bruder und meint wahrscheinlich deshalb, dass wir als Familie cooler sind. Obwohl Acki mit Familie eher Klaus und mich meint, als Wolfgang, Mama und Claudia. Denn Acki darf manchmal mit, wenn wir in Klaus' Reich Filme gucken oder Xbox spielen.

Klaus hat schnell kapiert, dass Acki und ich beste Kumpels sind.

»Freunde sind mehr wert als Familie«, sagt Klaus. Aus seiner Sicht stimmt das. Denn was Mama abgezogen hat, während er im Knast saß – Kontaktsperre, die Scheidung und der neue Mann, dann sogar die neue Tochter – na ja, da würde ich über die Familiensache auch ins Grübeln kommen. Und mich lieber auf Freunde verlassen. Obwohl ich noch nie einen richtigen Freund von Klaus kennengelernt habe. Er nennt die Männer, die wir zufällig gemeinsam auf der Straße treffen, immer anders.

»Das ist Harald, ein Kollege von mir«, sagt er dann, oder: »Sag Hallo zu Gerry, meinem alten Partner.«

Klaus ist zwei Köpfe größer als ich. Als er aus dem Knast kam, hatte er eine Glatze. Deswegen habe ich ihn gar nicht erkannt, als ich ihn zum ersten Mal wiedergesehen habe nach all den Jahren. Aber er hatte sich den Kopf nur rasiert, weil ihm die Haare ausfielen. Denn das fand er wohl nicht so cool. Die Glatze war cooler, stimmt schon. Ein bisschen sah er damit aus wie Vin Diesel, der Schauspieler. Doch jetzt denkt er darüber nach, sich wieder Haare wachsen zu lassen. Die Frauen finden das vielleicht besser, glaubt er.

Wenn wir bei Benni trainieren, hält Klaus die Gewichte für mich. Das darf kein anderer machen, damit mir nichts passiert. Wir gehen nur ein paarmal im Monat ins Studio. Ich würde gern öfter trainieren, aber Mama weiß nichts davon. Sie erlaubt zwar, dass ich mit Klaus was unternehme, aber die Muckibude ist verbotene Zone. Schlechter Einfluss, Prolls und Halbwelt, findet sie. Mama muss es wissen. Sie sitzt an der Kasse vom Baumarkt schräg gegenüber von Bennis Studio. Ich brauche keine Tasche, habe immer was zum Wechseln im Spind. Sachen, die ich bei Klaus ab und zu wasche, damit sie es nicht merkt. Duschen kann ich da auch. Wenn ich über den Parkplatz fahre, ducke ich mich immer hinter den Autos und hoffe, dass sie nicht gerade eine Kippe vor der Tür raucht, oder dass mich keiner ihrer Kollegen sieht.

Benni und Klaus zocken wohl ab und zu im Studio. Genau weiß ich das nicht, aber manchmal tauchen Kollegen am Tresen auf, die weder Taschen dabeihaben, noch Spinde im Studio besitzen. Trainieren tun die auf keinen Fall, und wenn Klaus sagt, dass ich die Biege machen soll, haue ich ab und fahre nach Hause. Deswegen weiß ich nicht, was die da genau treiben.

Benni war wohl mal Pilot bei der Lufthansa, bevor er das Studio über dem Getränkeladen aufgemacht hat. Keine Ahnung, warum er nicht mehr fliegt. Da redet er nicht drüber. Klaus natürlich auch nicht, der redet ja noch weniger als Benni.

Donnerstags steht ein Hähnchengriller auf dem Parkplatz vor dem Baumarkt. Wenn Benni oder Klaus gute Laune haben, schicken sie mich nach dem Training schon mal »Flattermänner« holen. Benni ist noch einen Kopf größer als Klaus. Der verdrückt zwei von den Vögeln, ohne mit der Wimper zu zucken. Echt! Ich glaube, Benni ist der beste Freund von Klaus. Auf jeden Fall hat Klaus vor ihm Respekt, obwohl …

»Respekt musst du vor jedem Lebewesen haben«, sagt Klaus. »Egal, ob Tier oder Mensch. Egal, ob schwarz oder weiß. Egal, ob Feder oder Fell!«, ist auch so'n Spruch von ihm. Aber Benni ist auf jeden Fall mehr als nur ein Kollege für Klaus, denke ich.

Meine Trainingseinheiten sind für Bizeps, Schulter, Rücken und Bauch. Benni meint, dass ich nur oberhalb der Gürtellinie trainieren soll. Da ich sonst alles mit dem Bike mache, muss ich für die Beine nichts weiter tun, findet er. Als ich mal davon angefangen habe, einen Roller zu kriegen, hat Klaus nur gelacht.

»Willst du auf die Fresse fallen und dir den Hals brechen? Scooterfahrer haben Streichholzbeine und ein dickes Handgelenk, sonst nix. Du hast 'ne Lunge wie ein Zehnkämpfer und richtige BEINE, Mann!«

Damit war das Thema für ihn vom Tisch. Ich hab nicht mal mehr zu Hause bei Mama und dem Wolf nach einem Roller gefragt und die Kohle lieber für ein richtiges Bike gespart. Pentacross. In Gelb. Acht Gänge ohne Schnickschnack und teurer als Ackis Motorroller. Wenn ich richtig gut drauf bin, hänge ich ihn auf dem Weg zur Schule damit ab, kein Witz.

Bennis Spruch, dass ich oberhalb der Gürtellinie trainieren soll, nimmt Klaus für meinen Geschmack zu ernst.

»Du musst auch was für die Birne tun!«, sagt er.

Ausreichend ist eben nur eine Vier. Mit ausreichend kann ich Klaus nicht kommen. Das ist für ihn das Gleiche, wie beim Radfahren auf die Fresse zu fallen.

»Die Siegertreppe hat nur drei Stufen, muchacho. Keine vier!«, sagt er. Und damit hat er ja nun wirklich recht.

Seitdem bin ich sogar in Mathe dabei. Als ich kapiert habe, dass es reicht, einfach dazusitzen und die Klappe zu halten, wurde vieles leichter. Keine Gespräche mehr im Lehrerzimmer, keine Briefe und keine Besuche von Mama in der Schule.

»Du musst nicht der Beste sein. Es reicht, wenn du

nicht unangenehm auffällst.« Noch so'n Spruch von Klaus. Aber es stimmt ja. Seit ich keinen Stress mehr in der Schule mache, bin ich eine gute Drei. Und das, ohne mich dafür nass machen zu müssen! Ab und zu geht eine Arbeit daneben. Manchmal komme ich auch ohne Hausaufgaben. Aber im Schnitt freuen sich die Schergen ja schon, dass ich ihnen überhaupt zuhöre. Und das ist echt einfach.

3.

Früher habe ich ein Zeit lang ins Bett gemacht. Echt wahr. Den ganzen Mist dann morgens mit der Hand gewaschen oder versteckt, bis ich die Chance dazu hatte, die fleckigen Laken verschwinden zu lassen. Aber der Wolf und Mama haben es trotzdem rausbekommen. Das war in der Zeit, bevor Klaus raus war. Ich musste stundenlang mit einer Psychologin von der Schule quatschen, warum ich ins Bett pisse. Oder wieso ich dem Lutscher aus der b den Arm gebrochen habe. Die wollten mich sogar von der Schule werfen. Aber irgendwie habe ich die Kurve gekriegt. Wenn ich drüber nachdenke, wann das aufgehört hat, fällt mir immer der Moment ein, als Klaus durch die Glastür bei McDoof gekommen ist.

Mama war furchtbar aufgeregt. Wir waren zu zweit bei McDonald's. Keine Ahnung, warum sie mich für das erste Treffen ausgerechnet in die Frittenbude am Autobahnkreuz geschleppt hat. Aber Tatsache ist, dass ich den Kerl, der durch die Tür kam, auf Anhieb cool fand. Er sah eben aus wie Vin Diesel in diesen Filmen. *Triple X* und die ganzen *Fast and Furious*-Dinger. Richtig. Cool!

Er trug eine Sonnenbrille – und dann diese Glatze.

Es war Sommer und er hatte nur ein Hemd mit kurzen Ärmeln an. Mann!

Ich weiß noch, dass Mama eingeatmet hat, als wäre sie erschrocken. Sie war natürlich auch erschrocken, wegen der Glatze und so. Aber es war nicht nur das. Dieser coole Typ kommt also auf uns zu und hält mir seine Hand hin.

»Hallo, ich bin der Klaus«, sagt er zu mir. Und Mama fängt an, irgendwas zu stottern. Von wegen »so eine Freude«, was er essen will. So Zeug halt. Dann fängt sie auch noch an, zu heulen und es könnte echt peinlich werden. Aber er nimmt nur die Sonnenbrille ab und lächelt mich an.

»Ich bin der Klaus«, sagt er noch einmal. Blaue Augen, heller als der Himmel. Nicht, dass ich auf so was achte, aber sie strahlen eben einfach heller als der verdammte Himmel! Er hat kleine Fältchen neben den Augen. Mama nennt das Krähenfüße, wenn sie sich selbst im Spiegel ansieht.

Wenn sie sich im Badezimmer über ihre Falten auf der Stirn und an den Augenwinkeln beschwert, sagt der Wolf immer, das sei ein gutes Zeichen. Dass sie nämlich oft und gern lacht. Daher kommen die Falten, behauptet der Wolf und Mama winkt dann immer ab.

Obwohl ich mir irgendwie blöd vorkomme, weil ich total fettige Hände von den Fritten habe, nehme ich Klaus' Hand. Sie ist riesig und sehr weich. Er lächelt. Und das ganze Blau beginnt auf einmal zu verschwimmen. Dann murmelt er was und verschwindet an die Theke. Noch bevor er wieder mit einem Tablett zurückkommt, auf dem übrigens mehr Zeug ist, als wir in einer ganzen Woche futtern können, wusste ich plötzlich, dass mir nichts mehr passieren kann. DAS war der Moment! Von da an ging kein Tropfen mehr ins Bett. Nicht, dass ich es steuern konnte. Es war einfach so. Schreib DAS auf, Psychotante!

4.

Ich darf keine Schränke öffnen. Nicht, ohne zu fragen. Das war so ziemlich das Erste, was mir Klaus beigebracht hat, als ich zu Besuch in seiner Bude war. Im Prinzip ist die Wohnung nichts Besonderes. Ein Mehrfamilienhaus eben, und Klaus wohnt im vierten Stock. Von dem kleinen Balkon im Wohnzimmer aus glotzt du auf die anderen Karnickelställe direkt gegenüber. Warum er auf die Bude so stolz ist, habe ich zuerst nicht begriffen. Es ist alles viel kleiner als bei uns zu Hause. Außerdem irgendwie leer. Da steht nichts rum, außer dem Zeug, das man braucht. Sofa, Sessel, Tisch, TV. Sense.

In der Küche das Gleiche. Eine weiße Zeile mit Geschirrspüler, dem Herd und Schränken.

»Und?« Ich war wirklich nicht beeindruckt.

Klaus lachte laut auf. Das Blöde bei ihm ist, dass man oft nicht weiß, woran man ist. Selbst wenn er lacht. Klaus erklärt nicht viel. Außer natürlich, wenn er seine Sprüche macht. Aber in dem Moment stand ich wirklich auf dem Schlauch und wie blöd in dieser Bude herum!

»Es ist halt 'ne Wohnung. Was ist so lustig?«

»Nix, Johnny, schon okay«, antwortete er und ging weg.

Es gibt eine Regel, die ich selbst lernen musste.

Wenn Klaus »schon okay« sagt, hast du meistens etwas falsch gemacht. Es ist nicht so, dass er dich deshalb anmacht. Aber er geht dann einfach weg und das Thema ist durch. Wahrscheinlich habe ich ihn enttäuscht, denke ich. So lange kennen wir uns ja noch nicht. Deshalb sage ich: »Nee, ist echt schön hier! Und so sauber!«

Keine Ahnung, wieso mir ausgerechnet das einfällt. Aber die Bude ist wirklich wie aus dem Ei gepellt. Dafür, dass Klaus schon seit Wochen dort wohnte. Seit er raus ist, eben. Mein Zimmer sieht bereits nach zwei Stunden immer ganz anders aus. Echt wahr.

Aber er geht einfach ins Badezimmer. Das Letzte, was ich höre, ist: »Sein Reich komme. Sein Wille geschehe.«

Seit dem Moment heißt die Bude für Acki und mich nur noch: »Sein Reich«.

5.

Seit Montag weiß ich, dass Klaus etwas vorhat. Aber ich kann mit niemandem darüber sprechen, außer mit Acki.
  Mit Mama oder dem Wolf? Ja klar. Sonst noch was?
  Zuerst war es nur der Plan. Das Ding sah aus wie ein Schnittmuster. Mama hat solche Pläne auf dem Tisch liegen, wenn sie sich Sachen näht. Es lag aber nicht auf dem Tisch. Aber es war auch nicht im Schrank. Nicht ganz. Eher so halb draußen. Ich musste also keine Tür öffnen, sondern nur ein wenig an der Rolle ziehen.
  Wenn Klaus rausbekommt, dass ich in seinen Schränken rumwühle, passiert was. Keine Ahnung, was genau. Aber allein die Vorstellung reichte, dass ich mir das Ding nur ganz kurz ansah und es dann zurück in den Schrank im Flur stopfte!

Der Bruch - ISBN: 9783743190849
Überarbeitete Neuausgabe –
erstmals unter gleichem Titel erschienen
im Thienemann Verlag, Stuttgart
© 2017 Oliver Pautsch
Herstellung und Verlag: BoD – Books on Demand, Norderstedt

Das S.U.P.E.R.-Team kehrt zurück!
Jetzt als Buch und eBook erhältlich.

Und das Action-Leseabenteuer geht weiter ...
Band 3 ist in Arbeit